講談社文庫

キッズファイヤー・ドットコム

海猫沢めろん

講談社

キッズファイヤー・ドットコム　目次

キッズファイヤー・ドットコム

キッズファイヤー・ドットコム

二〇一五年

†

伝説が歩いていた。

その男は摩天楼を思わせる長身を白い薔薇のようなスーツに包み、靴音を響かせながら夜の歌舞伎町にステップを刻む。すれ違う誰もが彼を振り返り、その圧倒的存在感にしばし言葉を失ったが、当の本人はその視線に気づく素振りも見せない。

風林会館の交差点から店まで残り一〇〇メートル地点。心地良い夜風と仕事前の高揚感に包まれ、ゆるい坂の上から振り返ったネオン街は、幼い頃に遊んだ原色の玩具の記憶と重なり、様々な思い出をよみがえらせる。

彼は郷愁を振り払うように、足を早めた。

ビルのエントランスからガラス張りのエレベーターに乗り込むと、上昇する視界に夜の歓楽街の光がひろがっていく。ランプが消えドアが開くと、眼の前の廊下には赤い天鵞絨《ビロード》がランウェイのように伸びていた。男は音も立てずその上を歩き、突き当りに設えられた重厚な鉄の扉の前で立ち止まる。

両開きの扉の中央に刻まれたゴシック風の装飾文字——BLUE†BLOOD——この店の名前だ。

扉を押し開けると、黒服のキャストが薄暗い通路の両脇に並び、何かを待つようにじっと跪《ひざまず》いていた。

静寂。

右手をあげた瞬間、彼らが立ち上がり、野太い声が爆ぜるように響いた。

「ようこそBLUE†BLOODへ！」

同時に天井のシャンデリアに明かりが灯り、店内が照らし出された。

中世の古城めいたステンドグラスと暖炉。剣と盾が飾られた煉瓦の壁。直立不動で整列したキャストたちは、王を迎え入れる騎士たちのように声を張り上げて「最高！　最高！　最高！」そう唱和する。

男は手近な新人キャストの腹筋を軽くノックして問いかけた。

「コンディションは？」

「自分史上最高です！」

「最高のおまえに会えてうれしいよ。今日も生まれるな……レジェンドが」

カリスマホスト白鳥神威《しらとりかむい》の運命の一日は、いつもと同じように始まった。

VIPルームの奥にあるロッカーに貴重品を入れながら天井を見上げると、そこには自分がナンバーワンになった時代のポスターが貼ってある。過去の自分に向け、今日も一日全力で生きぬく覚悟を誓う。

「グッドモーニング神威。我が王国の戦況はどうだ」

いつそこに現れたのか、黒と赤のタキシードを着たヴァンパイアスタイルの男が、ロッカーの奥に立っていた。

「男爵《だんしゃく》、おられたんですか」

BLUE†BLOODの初代店長である男爵は、飲み過ぎで肝臓を悪くしたあと、神威に店をゆずって現役を退いた。今は投資で小銭を稼ぎ、趣味を楽しみながら、若いキャストの教育と経営管理などを手伝ってくれている。神威の大事なブレーンだ。

「少し帳簿を見せてもらった。やはり苦しいようだな」

「そうですね。アベノミクスの恩恵はまだ及ばず、といったところでしょうか」

男爵と神威がふっと笑う。もちろんふたりともアベノミクスがなにか良くわかってない。言葉の意味より大切なもの。それはフィーリングだ。

神威の耳元に口を寄せて男爵が囁《ささや》く。

「引き際も肝心だぞ」

「わかってます」

ホストクラブの経営は安定とは無縁である。

どれだけいい人材がいるか、太客をつかめるかどうかにかかっている。たとえその月が儲《もう》かっても次の月は同じようにはいかない。昔とは違い、風営法によって風俗店の二五時完全閉店が定められた今、流行は風営法にひっかからず朝まで営業可能なカウンターバー形式に流れつつある。

昔ながらのクラブは夕方から夜、朝から昼の二部営業、あるいは三部営業というのが普通だ。少数精鋭、短期決戦をモットーとするＢＬＵＥ†ＢＬＯＯＤのような店は今どき珍しい。

「逆境こそ成長のチャンス。これはむしろ新しい伝説を作れという、天からのメッセージかも知れませんよ」

そう、どんなときでも大きな夢と徹底した前向きさだけが神威を支えてきた。一八歳から二七歳まで、九年間続けてきた一歩も退くことなくあらゆることをプラスに考える癖。それが人生を切りひらいてきた。

神威は男爵にとびきりの笑顔をみせると、姫たちの待つフロアに向かった。

†

「今日もおつかれ様っす！」

「ありがとうございました！」

店内に流れるラストソングにのせて、新人たちの声がひびく。

二五時前に営業を終えたあと、今日一日の反省会と店内清掃をこなして親睦会へ流れた神威たちは、路地裏の中華料理屋でさらにアルコールを摂取する。

「とにかく、高速走る車から手出すと、おっぱいと同じ感触が味わえるんだって」

「それなー、中学のころ流行《はや》ったわ」

「あんなんおっぱいじゃないっしょ。二の腕のほうが近くね？　おれのさわってみ？」

「ばっか、おまえそんなん言い出したらデブの脂肪でもいいじゃん」

神威は若手キャストのバカ話を聞きながら微笑みをうかべる。

赤い血液はもはや透明なアルコールと入れ替わり、飲めば飲むほど体調が良くなっていくような気がする。一日にどれだけ飲んでいるのか考えたこともない。

ウェーイ！　ウェイウェイウェイ！　神威店長ウェーイ！

適度なところでお開きにして、金髪をピンピンに立てた新人キャストたちの謎めいたかけ声に見送られ、神威は帰りのタクシーに乗り込んだ。

歌舞伎町から大久保通り沿いに七分。

北新宿一丁目にある六階建てのデザイナーズマンションの前で八八〇円を払って降りると、鰐皮ブーツをこつこつ鳴らしながら、スイス銀行にでもありそうな三メートルほどの銀色のオートロックドアの前に近づく。

鉄の円柱を斜めにすっぱり切ったような形をした操作盤の断面には、数字が刻まれた金色の丸いボタンが三×四の並びで配置され、その下には呼び出しボタンと鍵穴とスリットがある。スリットに銀色のカードキーを滑らせて番号を押すと、巨大なドアが両側に開き、ゴミひとつないクリーンなエントランスへ導かれた。

アラベスク模様の絨毯《じゅうたん》を踏み、吹奏楽器の内部のような、やわらかな曲線で構成された通路を進むと、階段とエレベーターホール。中央に水の流れる台座と女神の彫刻、正面の壁には中世の人々が食事をしている画が飾ってある。中学や高校の美術の教科書に載っていたと言われても違和感のない、優等生的な絵だ。神威はそれが誰の絵か知らない。

ネットで調べれば数秒でわかる。しかし、あえてそれを知ろうとは思わない。知らないものを自分のなかに残しておくのはひとつの贅沢《ぜいたく》だ。

神威は知識に敬意を抱いている。

しかし、自分がなにを理解できないか、それを知っていることもまた、ひとつの知識なのだ。それが自分を成長させる――神威の哲学だ。

このマンションに住みはじめた頃、彼の月の稼ぎは五万円だった。

それでもこの家賃三〇万円の1LDKデザイナーズマンションに住むことにしたのは、それ自体ひとつの試練だと思ったからだ。働き始めてすぐ、先輩が言った。

「成功に価値があるのではない。挑戦して成長することに価値がある」と。

神威が恐れているのは、失敗ではなくて、成長しなくなることだ。

壁をのり越えることこそが大切なのだ。

彼はその壁を死にものぐるいで越えることで、仲間を得て、自信を得た。それは何物にも代《か》え難《がた》い経験だ。信頼できる仲間と仕事をし、自分の限界を越えること。それが、この仕事をやっていて心から素晴らしいと思える瞬間だ。

車にもブランドにも興味がないし、恋人も今はいない。休日はジムへ行き、映画を見たり本を読む。常に昨日の自分よりも成長することを心に決めて、ナンバーワンになることを目指してきた。

歌舞伎町に何千人もいる二〇代のホストのなかで成功するのは一握り。言い訳をしたり、深く考えるヒマがあるなら働くことだ。

立ち止まって、生きることの意味を考えたり、全体を見渡してプラスとマイナスの収支を計算するのは、余裕のあるマネージャーに任せればいい。挫折だの成功だのという一般的なモノサシで自分の人生を計るのはプレイヤーのやることではない。目の前の人生に集中するだけだ。

神威は昔から挫折したことがない。転勤族の父のせいで転校ばかりだったが、友達を作るのが上手かったし、背が高く顔が整っているため、女の子たちにもちやほやされた。父子家庭に育ったことを揶揄《やゆ》されたこともあるが、それは挫折ではない。

ホストになるまでの人生も楽しかった。だけど、彼はもっと一度きりの人生を楽しみたかった。お金が欲しかったし、かわいい女の子とつき合いたかった。有名にもなりたかった。そしてそれを叶《かな》えた。

そのことを自分から話すと、大抵の人は神威のことを鼻で笑った。

あるとき、女の子を連れてきた年配のお客さんに「挫折したことがあるのか？」と聞かれ、よくわからないと答えると「薄っぺらい人生だな」と吐き捨てるように言われたので、五〇〇〇万円分の売り掛け金を残して逃げた女のことや、小学校のときに太っていて虐《いじ》められていたという話（もちろん作り話だ）を披露すると、満足げに神威の肩を叩いて一番安いシャンパンを入れてくれた。

これはとても不思議なエピソードだ。挫折を知らないまま生きてきたことや、努力せずとも不特定多数の女性に好意を抱かれるということが、どうしてすぐに人間的な薄っぺらさになるのだろう。

男はいつも優越感を持ちたがる。

だけど、女が男に求めているのはまったく別のものだ。

女というのは、自分をもてあましている乗り物だ。

不安定な自分をうまく運転してくれるドライバーを求めている。それなのにほとんどの男は免許すら持っていない。

ホストたちは持っている。

ホストと一般人をわけるのは、つまるところそれだけのちがいだ。

ただし、免許を持っていても持っていなくても、事故は起きる。

神威はエレベーターに乗ると備え付けられた木目調の折りたたみ式革張り椅子に座った。

ゆるやかな上向きの慣性はすぐに消え、上品な鈴の音とともにドアが開く。キーケースをポケットから取りだしながら踊り場に出て、左手に顔を向けると部屋のドアの前にベビーカーが停めてあるのが見えた。

全体はプラスチックと少しの金属パーツとナイロンと布で作られ、大人用ヨーヨーくらいの大きさのホイールにフェラーリの跳ね馬みたいなマーク。

このマンションはひとフロアに一室しか部屋がない。

ならば、おそらく下の階の住人が置き間違えたのだろう。

あとで誰かが取りに来るかもしれないと思い、それをそっとエレベーター前に移動させて自室へと入り、ドアを閉ざした。

その瞬間、なにか違和感を覚えた。

声が聞こえた気がした。

まさか、そんなはず――ドアの外から鼓膜を弱々しく撫《な》でる音が耳に届き、全身の産毛が逆立つ。ドアを恐る恐る開けると、マンガのようにおんぎゃあと響く泣き声がひとつ、誰もいないフロアに響き渡り、チャコールのカーペットに吸い込まれた。

神威は、部屋から出てゆっくりとベビーカーに近づく。

なにかがもぞもぞと動いている。

シルバーアクセサリーで飾られた若干深爪気味の右手で、ベビーカーのフードを上げて中を覗《のぞ》くと、そこにいたのは紛《まぎ》れもなく人間の乳児だった。

赤ん坊の上に置かれたＡ４ノートの切れ端には、太い油性マジックで殴り書きのように「神威さまへ　よろしくお願いします」と、確かに自分の名前があった。

意識的にひとつ大きく息を吸って細く口から吐き、雑誌で読んだロシア軍が採用しているマーシャルアーツ「システマ」の呼吸を繰り返す。

この呼吸法は精神をリラックスさせることに絶大なる効果を発揮する。心をあるべき場所に落ち着け、ホスト本能に付随するスーパーエマージェンシー機能を発動させる。脳を唸《うな》らせ、記憶ファイルを超高速でスキャンしてこの完璧なる人生に赤ん坊という超不確定変数が関わってくるケースの萌芽がいかなるところに存在しうるのかを調査する。

中学生のときの同級生である聖美《さとみ》とのセックスからはじまり、アユミとのＸｍａｓのセックス、春花とのお盆のセックス、茉莉花との夏フェスのセックス、佳奈とのお正月の姫はじめ、くるみとの秋のお別れセックス、亜里砂との仲直りセックス、つぼみとの温泉セックス、ナターシャとのジャンクフード的セックス、優梨華との仏蘭西料理的セックス、ゆずとの懐石料理的セックス……あらゆるセックスを思い出そうとするも、彼のなかの思い出アルバムはもはや人間の知性では処理しきれないはちきれんばかりのビッグデータと化しており、そのすべてに一〇〇％の安全性を見いだすことは到底できなかった。

が、逆算。天啓のように閃《ひらめ》くその発想。生後一年以内だとしたら？

それならば思い出せるのではないか。しかし、この世界にはなにひとつ確実なことはないのではなかっただろうか。確かトンネル効果というのを聞いたことがある。量子力学とかいうものの理論ではものすごく小さな物質が、今この瞬間にも壁をすり抜けているのだという。この世界というのが量子的であるならば、何万の精子のなかにひとつだけ量子トンネル効果で子宮まで到達してしまった量子的精子がいる可能性は否めない。量子精子により量子処女懐妊した量子マリアさまもそうして量子受胎したに違いないという量子仮説まで思いついてしまった。ホストの本能は無限の量子的パワーさえ秘めている。

神威は誰とも枕営業をしていない。

それが誇りだ。けれどつき合った女は何人もいた。想像は現実になる。ひとつの派手にやっていれば怨《うら》みを買うこともあるだろう。でもそれを深く考えてはいけない。想像は現実になる。ひとつの暗い想像をすれば、さらなる暗い想像を呼び寄せ、やがてそれは現実になってしまう。

想像力は輝かしい未来をつくるためだけに使われるべきだ。瞬間的に悟る。これは運命が運んできたひとつの試練だ。

新たな試練を前に逃げることはカリスマホストの本能が許さない。

†

大理石を模した扉につけられた金色のドアノブを廻し開けて部屋に戻ると、センサーに反応して自動点灯した黄色いスポットライトが靴脱ぎをてらす。

整然と並べられた白と黒の革靴たち。

右手のレトロな真鍮《しんちゅう》の明かりスイッチを入れながら覗いた金縁のロココ調丸鏡には、脱毛処理のおかげで髭《ひげ》のひとつもない顔がうつっている。汗とディオールの香水が混じった架空の猛禽類のような匂《にお》いをまとった神威は、ベビーカーを革靴のうえに駐車し、靴を脱いでそっと赤ん坊を抱き上げる。

恐ろしいほどの軽さと、責任の重さを同時に感じて、まるで無重力に放り出されたような心許《こころもと》なさが胸にこみあげた。

ザリガニのように後ろ向きに廊下を歩き、リビングの扉を尻で押しあけて、新宿の明かりが一望できる窓際の白い本革ソファに赤ちゃんを配置しようとして、やはり段差のない場所のほうが良いのではないかと思い直して、床に敷いた雪豹《ゆきひょう》の毛皮の上にそっと置く。

白いタオルでくるまれ、頭にくるくると糸くずのような黒髪をはりつかせた肉のこけしみたいなそれは、神威とはまたちがった世界に君臨する王のように神々しかった。

ここぞとばかりにホスピタリティを発揮し、どのような世界でも人を楽しませるユニバーサルな言語であるところの「笑顔《スマイル》」を見せながら、神威は音速よりすこし遅い程度の神速で玄関に走ってベビーカーを探り、なんらかのマニュアル的なものを探した。

ない。ない。なにもない。

あるのはプラスチックの哺乳瓶《ほにゅうびん》と粉ミルクとひよこ色の前掛け、そしてまとめて束にされた何枚ものおむつ。

わからない。赤ちゃんは一体なにをどうやって生きているんだろうか？

神威は赤ちゃんの生態をまったく知らないことに気付くが、同時にスマートフォンでそれを検索している。イケメンサイボーグであるところの彼の脳はこのスマートフォンであるとも言える。

この外部脳は内部脳のあずかり知らぬ知識をいくらでも持っている。

わずか五分で、赤ちゃんのミルクの温度とやるべきことがインストールされ、完璧なホスピタリティでそれをこなす。

そのとき、ＬＩＮＥのメッセージの着信を知らせる震え。それは魂の震えと同じ意味を持っている。人類を進化させる黒いモノリスのようなスマートフォンを指で愛撫し、神威は魂のメッセージを確認した。

お客様からだった。瞬間返信——秒速の即レス。

営業とは、魂で行う高次元の精神的儀式。心を込めるんだ。リボルバーに装塡《そうてん》されれ硝煙と線条痕を残しながら心臓を撃ちぬく弾丸のように螺旋的《らせんてき》ひねりの効いたジョークとLINEスタンプのかけあいが人類最速のノンバーバルコミュニケーションを可能にしている。まさに新世紀。ホストこそが夜の電波の支配者。

そのとき、またもやおんぎゃあ来た。おんぎゃあ。嗚呼《ああ》おんぎゃあ。まさに他の擬音で示すことができない唯一無二のこの音声。おんぎゃあとしか言いようがない。他に思いつかない。原初の怒りを呼び起こすおんぎゃあ。それはおんぎゃあ。電波よりも確実に響くこのメッセージ。

神威がスマートフォンで検索をかけると、赤ちゃんが泣くときはいくつかの原因に分類されるらしい。食事、排泄《はいせつ》、遊びたい、あるいは謎。

空気を読むことにかけては人類最速のホストという種族にとって、声ひとつの変化で相手の要求を読み取ることは容易《たやす》い基本技能だが、このおんぎゃあは一体……。

神威は赤ちゃんの全身をくるむイヴ・サンローランのロゴが入った花柄のタオルを剥《は》がす。現れたるは圧力鍋で煮込まれた豚足のように、ぷりぷりとした体の生物だ。おむつをのぞくと、中にはちいさな薔薇のつぼみのような性器があった。

男か。

小さな共通点を見つけ、神威はわずかな安心を手に入れる。筋肉のない軟体動物のようなその体をぐるぐるといじりながら、YouTubeで瞬間学習したスタンダードなおむつとりかえをさっそく試すと、おんぎゃあは少しマシになったものの、欲しがるベイビー依然鳴り止まぬそのコール。

「またミルクかな？」

神威が再びミルクをつくって飲ませ、自分の肩に赤ちゃんをかかえてゲップを出させると、彼はすやすやとお休みになった。

「やっぱりそうか。子育てにもあふれるこの才能……レジェンドすぎる」

時計を見ると午前四時すぎ。

神威はシャツを脱いでシャワーを浴びたかったが、赤ちゃんから目を離していいものか迷い、結局台所で頭を洗うことにした。

二年間使用されたことのない台所には大量のマンガと女性から贈られたプレゼントの箱が並べられており、それをどけるのに一苦労した。

メイク落としで顔を洗い、星座館でセットしてもらった髪にシャンプーする。

お湯で濡《ぬ》らしたタオルで、香水の染み込んだ体を拭《ふ》いてすべてを洗濯乾燥機に放り込めば、そこには赤ちゃんとおなじく全裸の神威がいる。ボクサーパンツをはきナイトガウンを羽織って、ソファに倒れ込むと、やっとまともに頭が動き出す。

本日は月末の木曜、一二時間後には目覚めて仕事場にいかなくてはならない。それまでに、この赤ちゃんをどうする？

まてよ……連れて行くのはどうだろう。

同伴出勤というわけか。これはウケが狙える——神威はスマートフォンを取りだして男爵にLINEを飛ばしてみる。

「おはようございます。明日、赤ちゃん同伴で出勤してもいいでしょうか」

すぐに返信。

「詳しく聞かせてもらおう」

という文字とコウモリのスタンプ。とにかく赤ちゃんがやってきたのだということを説明しようと何往復かメッセージのやりとりをするが、男爵には事態が理解できないらしく、気付いたらエントランスのインターホンが鳴って、カメラには真っ黒なガウンを羽織った青白い顔が映し出された。

「CQCQ、こちらセクシー王国からやってきた男爵です、オーバー」男爵は過去にアマチュア無線の資格を持っていたらしい。本格的な通信作法。

「早いですね」

「寝ようとしていたんだが、コウモリになって飛んできた。とにかく話を聞こうかオーバー」

ちなみに男爵の家はここから徒歩一分のタワーマンションの地下だ。

神威もお邪魔したことがあるが、ベッドは黒い棺桶《かんおけ》だった。

店のコンセプトから自分のライフスタイルまで徹底している。

部屋に招き入れると、男爵は床の上に転がった赤ちゃんを見つけて「ほお」と、呻《うめ》いた。

「おまえの赤ちゃんか」

「俺のかどうかわかりません。とにかく赤ちゃんです。ドアの前に置かれていたんで」

「かわいいな。近くで見るのは一〇〇年ぶりだ」

どんな緊急事態であっても常にブレることがない完璧なキャラ作りに、神威は感嘆のためいきをもらす。

風呂あがりらしい男爵はしっとりと水分をふくんだ金髪をかきあげて色気のある優雅な仕草で赤ちゃんに恭《うやうや》しく頭を下げて挨拶して、「キスしてもいいか？」と神威に聞いた。

「男の子ですよ」

「キスしないほうがいいか」

わからなかったのでググってみたが、やはりわからない。

「どうなんでしょう」

「母子手帳に書いてなかったか」

「母子手帳？　そういえばなかったような」

男爵は玄関にとめたベビーカーを調べ、ハンドルに巻きつけられた紺色の分厚い布を手にする。

「なんですかその布」

「スリングだ。これをたすきがけにして赤ん坊を抱くことができる。あとでやってみるがいい」

さらに赤ちゃんが座る場所の背もたれ――その裏あたりにある隠しポケットから、ビニールカバーに包まれたピンク色の手帳を見つけ出した。

手渡された手帳の上部にはピンク色の丸に白抜きで「母子健康手帳」と書かれている。赤色と紫色と黄色の淡い花に埋もれるように真っ黒な目をした赤ちゃんの顔が少しだけのぞいている水彩画の表紙には発行元の自治体名。

聞いたことがない町だった。

めくってみると、生年月日や交付ナンバー、保護者の名前や子の名前など、ぜんぶぬりつぶされていて読めない。

神威と男爵はその未知なる書物をのぞき込む。

＊赤ちゃんの誕生の記録＊

性別【男】

血液型【　】（どうも測定してないらしい）

体重【2870g】

身長【48・5cm】

頭囲【33・0cm】（頭囲……？）

胸囲【31・0cm】

あとのページには出産の状態、分娩の経緯などがある。

母親学級のチェック欄に【母】のみ参加のスタンプが押してあるのを見て、胸が締めつけられた。最近なら両親で参加する人も多いだろう、そのなかでひとり夫のいない女性。計り知れない複雑な感情。

さらにページをめくる。赤ちゃんのそばでの喫煙は乳幼児突然死症候群（SIDS）と関係するためやめましょう——。神威はすぐにテーブルの上の灰皿をかたづけた。

この子の年齢は何歳くらいなのか男爵にたずねる。

「この様子だとおそらくまだ数ヵ月というところだろう、取り扱いマニュアルを見よう」

男爵はまた手帳を開く。

新生児（生後約四週間までの赤ちゃん）

生まれて約四週間、特に最初の二週間は赤ちゃんがお母さんの胎内とはまったく違う環境の中で自分の力で発育していくことに慣れる大切な時期です。母体を離れての生活に無理なく慣れ、情緒の安定した赤ちゃんとして人生の第一歩を踏み出せるように、次のような注意をしましょう。

（1）赤ちゃんが過ごす場所

生まれたばかりの赤ちゃんは、乳を飲むときのほかはほとんど眠っています。

清潔で静かな場所に、ゆったりと寝かせましょう。また、医学上の理由で医師からうつぶせ寝をすすめられている場合以外は、赤ちゃんの顔が見える仰向けに寝かせるようにしましょう。また、なるべく赤ちゃんを一人にしないようにしましょう。これらのことは、窒息や誤飲、けがなどの事故を未然に防ぐことにつながります。

（2）保温

赤ちゃんは、自分で体温を調節することがまだうまくできないので、部屋の温度はなるべく20℃以下にならないようにしましょう。ただし、室内の空気を新鮮に保つことを忘れないでください。

（3）母乳

新生児には母乳が第一です。

（4）清潔

赤ちゃんの世話をする前に手を洗い、寝具や衣類、おむつはいつも清潔に保ちましょう。また毎日沐浴を行い、皮膚を清潔に保ちましょう。かぜをひいた人が赤ちゃんに近づいたり、抱いたりしないなどの注意が大切です。

（5）赤ちゃんの具合が悪い時

母乳・ミルクをいつもより飲まない、発熱があって元気がない、下痢・けいれんがある、顔色が悪い、呼吸の様子がおかしい、強い黄疸などの症状が見られたら、すみやかに医師の診察を受けましょう。

「神威、おまえ母乳は出せるか？」

「やってみたけど無理でした」

そのときまたおんぎゃあが来た。

「ミルクはやったのか」

「はい、さっきちょっと」

「念のためさらに追加しよう」

男爵が、ミルク——森永乳業「はぐくみ」すりきり約二・六グラム＝できあがり量二〇ミリリットルを適温の四〇度に調整して完璧なコントロールで与える。鮮やかな手つきでゲップをさせると赤ちゃんはまたすうすう寝息を立てる。エレガントなその動作。

安らかに寝息を立てる赤ちゃんを見つめながら、男爵はソファに腰掛ける。神威はキッチンに立ってワイングラスにロックアイスを入れてトマトジュースを注ぎ、男爵の前に差し出した。

「男爵は赤ちゃんの面倒を見たことがあるんですか」

「セクシー王国には赤ちゃんが多かったからな。よく面倒を見たものだ」

そう言って男爵は神威からグラスを受け取って一気に飲み干すと、空になったそれをテーブルにおいた。

「長生きしているとそういうこともある」

神威は男爵の年齢を聞いたことがない。

ただ、この歌舞伎町でかなり長い間ホストをやっていたと聞いたことがある。見た目は神威よりちょっと上、三〇を過ぎたあたりといったところだが、実際の年齢は誰も知らない。ときどき冗談めかして明治時代の新宿の話や、昭和にオープンした日本初のホストクラブ「ナイト東京」の話をしてくれる。

「母親に心当たりは」

「ありません」

「精子バンクに登録は」

「してません」

「精液の出たコンドームを奪われたことは」

「わかりません」

「精液は管理してたのか」

「管理ですか」

「神威、おまえがまだ新人の頃に言ったはずだ。ホストはあらゆる可能性を想定して予防線を張るべきだと。我々の魅力の虜《とりこ》になった女たちが精液を奪おうとしてもおかしくはない」

「そこは盲点でした」

「どうする？　母親を探すか？」

母親を探す――普通ならばそれが当然だとわかっているが、何かがひっかかる。

「見つかると思いますか？　手がかりは、この母子手帳くらいですけど」

「これでは手がかりにならない」

塗りつぶされた手帳を見て、男爵は首を振る。

「母親が本気で自分の存在を消そうとしたなら、出生届も出していないだろう。通報するなら早いほうがいい」

「通報したら、この子はどうなるんですか」

「わからん……警察が家族を捜すだろう。見つからなかったときは施設か。どうする」

どうしようもない。状況から見て、母親の精神状態はかなりギリギリだ。しかし、そんな状態でここに子供を残した――神威を信頼しての行為と見て間違いないだろう。

「しばらく俺が育ててみます」

それが筋の通った考えだと思えた。

「育てる、か。私にはわからないが、おまえがそういう気持ちになるのは仕方ないのかもしれんな」

神威の身の上を知っている男爵らしい台詞だった。

「本当に心当たりはないのか？　たとえば……そうだな、悩み相談を受けたりもしていないか。精神的に依存されるとこういうケースが起こり得る」

「相談は沢山受けましたが……どうでしょう。もしそのなかの誰かが母親なら、俺を頼ったわけですから、期待に応えたいです。俺の子供である可能性もゼロじゃないわけですし」

「わかった」

男爵が力強くうなずいて神威を見つめた。

「なにかできることがあれば声をかけてくれ。今日はもう遅い。寝よう」

神威は、立ち上がって出て行く男爵の背中に敬礼した。

床の敷物の上で寝息を立てる赤ちゃんの頬《ほお》を人差し指でそっとなでてみると、まるで熟し切った柔らかい果実のようで、中から甘い液体が滲《にじ》みだしそうな気がした。

†

「これより本日の円卓会議をはじめる」

漆黒のロングジャケットを羽織り、真紅のストールを巻いた神威が厳《おごそ》かにそう宣言すると、スピーカーからPerfumeの「Baby cruising Love」が流れはじめる。たどり着きたいあの場所！

店内にかけられた透明な硝子玉のカーテンが、赤と青と黄色のスポットライトを反射して、壁や天井に虹のような光をまきちらす。無数の蛇たちが絡《から》み合ったようなブロンズ色のシャンデリアは、まるでメデューサの頭。

その下の黒檀の円卓をかこむ赤いソファに座った今日の早番キャストは精鋭四人、神威、清春《きよはる》、ヒカル、ＳＨＯＷＧＯ。薄暗い照明と中世風の重厚な調度品のおかげで高級感があるが、店はボックス席が八席とＶＩＰ席がひとつ。バーカウンター席が六つ。歌舞伎町のクラブでは中くらいのハコだ。

ニコチンとアルコールの染みついた店内では、さきほどから空気清浄機がフル回転。神威は肩からかけた紺布のスリングで、赤ちゃんを抱いて座っている。

キャストの視線は当然ながら神威の抱いている小さき者に注がれ、全員が神威の説明を待っている。

「みんな。今日も新たな伝説の一日を始めよう！」

どんな暗い状況でも反射的に最高の笑顔を作れてしまう、それが完璧に訓練されたホスト。子守りで一睡もしていないくらい、神威にとってはどうということはない。

昨晩男爵が帰ったあと、赤ん坊は恐怖の夜泣きを開始した。

あまりの音量にあせり、神威はＡｍａｚｏｎの段ボール箱に毛布を詰め込んで作った防音箱に赤ん坊を入れてみたが、泣き声は小さくなるどころか、より激しくなった。抱きながら歩いてやると泣き止むことがわかったので、ひたすら腕が痛くなるまで赤ちゃんを抱いて部屋の中をぐるぐる歩き続けようやく眠らせることに成功。気付けば出勤時間になっていた。

「あの……すいません、神威店長が抱いてるその――」

神威は立ち上がって新人の清春の質問を遮《さえぎ》る。

「ご覧の通りだ」

沈黙。

「みんな、言わなくてもわかるだろ？」

ホストたちの高速の思考回路が稲妻のようにきらめく。その速度は達人レベル。剣豪は相手が動く前から予測をはじめ、戦う前に勝負を決める。それはもはや計算を超えたひらめき、将棋の名人の指し手にも似ている。突っ込んだら負けだ。ホストはいつでも余裕を見せていなければならない。他者の好みを判別し、一瞬にして相手の心を読む。それが最高のホスト。夜の竜王戦を生き延びる大局観を持った冷徹なる棋士。

「今日からこの店でこの子を育てることにする」

神威が宣言した瞬間、場内に動揺が走る。

「静粛に。異議は？」

正面に座ったヒカルが手を上げた。

「トイレ掃除……どうします？」

できる。やはりヒカルは並の新人ではない。

初手「なんですかそれ？」――二手目「赤ちゃん？」――三手目「店で育てるんですか？」――四手目「ということは新人だからトイレ掃除するべきでは？」

一瞬でこの四手先まで思考を読めるホストはそういない。歌舞伎町に鳴り物入りで超高校級ホストとしてデビューし、つい半年前にこの店に移籍。先月の誕生日、月に一〇〇〇万を稼ぐという伝説を打ち立てた綺羅木《きらき》ヒカル。BLUE†BLOODの最年少エース。

「ヒカル。質問だ。野生の生き物にトイレという概念が存在するのか」

はっとした顔を見せ、浅はかな考えを恥じるようにヒカルは頬を赤らめて「……すいません」と俯《うつむ》きすべてを諒解した。

周囲にはなにが起きているのかわからないほどの高速思考戦。

右手に座った清春が、右側だけを胸まで伸ばした金の前髪にふうっと息を吹きかける。永遠に終わらない思春期を生きる清春にとっては、前髪にこだわりつづけることが命。

「赤ちゃんにとっては、この世界すべてがトイレ……ってわけかよ」と頭を振った。

「狂ってるぜ、この町は！」清春は自嘲気味に笑ってソファの背にもたれかかり天井を見つめ「トウキョウ！」と叫んだ。

神威が話を続ける。

「店の経営は悪くないけど良くもない。この世界は常に上を目指していかなくちゃいけない。今ここで何らかの対策を練らなくちゃ未来はない」

赤ん坊をゆっくりと指さして言った。

「この店の代表として、俺は新しい伝説にチャレンジしようと思う。協力してくれ」

「店長がそう言うならやるしかないっすね。とりあえず場内を禁煙にしましょうか」

ヒカルがそう提案すると、これまで黙っていたＳＨＯＷＧＯが、

「ＳＨＯＷとしては面白い……」

と、いつもの決めゼリフをつぶやいた。

BLUE†BLOODのキャストはこの夜の世界におけるトップアスリートだ。ホスト道とでも言うべき魂の道が完全に見えている。それは決してマニュアルだけで身につくものではない。

神威がかつて所属していたチェーン店には、金色の表紙がついた小冊子――完全ホストマニュアル――が存在していた。内容は自己啓発本の要素をつぎはぎしたものだったが、対人関係における心理や基本的なルール、ペアになって行う褒めの練習など、新人を育てるために役立つノウハウが満載だった。

しかし、それを鵜呑《うの》みにするだけではいいホストにはなれない。魂の部分で言葉にならないものを理解する者だけがトップになれる。

おんぎゃあの叫び声が響き渡る店内で、神威は立ち上がる。そろそろ開店時間だ。

「時は来た。今宵《こよい》も女たちを夢の世界へと誘《いざな》い、幻想に酔わせよう。ファンタジーの幕明け、甘い一時。最高の想い出を作ろう！」

想い出想い出想い出。今は想い出になりつづける。ならばホストは想い出のなかにだけ生きる仮想の美しい存在であるべきだ。今この瞬間を美しく飾る花は枯れない。女たちの想い出のなかに忍び込み、甘い棘《とげ》で消えない薔薇色の傷を残すのだ。

うつしよは夢、夜の夢こそまこと。

神威たちがいるのは夢と現実の間にある世界だ。

†

営業開始から三〇分、最初の姫の襲撃、臨戦態勢に入る場内はてんやわんや。

「本日最初のお客様です！　皆様元気にお出迎えよろしくお願いいたします！」

場内アナウンスが流れ、神威たちは急いでエントランスに並び、

「いらっしゃいませ。ようこそ姫！」

全員が声を揃《そろ》えて恭しく礼。

赤ちゃんの評判は悪くなかった。

ヒカルの担当客は「きゃああ！　かわいい～！　ちょうかわいい！」などと叫び、

「あたし保母さんになりたかったんだ。ちょっと抱っこしてもいい？」そう言って赤ちゃんをあやしてはしゃいでいた。

清春が担当した初回のＯＬ風の客も「すごい！」を連発して赤ちゃんにミルクをやり、おまけにおむつまで替えてくれた。

神威が新たなビジネスチャンスの可能性に感動し、楽しんでもらえて良かったな、と二人をねぎらうと、ヒカルと清春は神威を心配するような目で見た。

「いやいや、神威店長マジで言ってるんですか……あんなのただの良妻賢母アピールでしょ」

「そうか？」

「店長、オレもヒカルと同意見です。彼女たちは絶対二度と来ないですよ」

「だとしても、やっぱり可愛がってくれるのは嬉しいよ」

半ば呆《あき》れ気味に苦笑する二人とともに笑う神威の耳元に、ＳＨＯＷＧＯが耳打ちした。

「まずいです、瀬理奈《せりな》が来ました……」

瀬理奈は男爵の太客だ。一回の来店時に少なくとも一〇万は落としてくれる。景気の良いときは一〇〇万のボトルも何度か空けてくれている。

場内の空気がほんのすこしアツくなる。

「男爵はまだ来てないのか。誰がヘルプ入る？」

この店も例に漏れず永久指名制である。つまり客ごとに、接客するホストが決まっていて、その担当ホストがいない場合は、誰かがヘルプに入らなくてはいけない。ただしその客がボトルを入れた場合、この店ではヘルプにも多少のバックが入ることになっている。駆け出しにはかなり優しいシステムだが、それだけ責任も重い。

「ヒカルとオレが行きます」

そう言ってジャケットの襟《えり》を正す清春にむかってうなずき、静かにマイクをにぎるSHOWGO。

「SHOWTIME……！　皆様、新しい姫の来店です！　元気にご挨拶よろしくお願い致します」

「おはよー」

現れたのは金髪を頭の上でソフトクリームのように盛りまくった化粧バリバリの美女だった。バーキンをクロークに預け、入口右手奥の黒い革張りソファのボックス席に気怠《けだる》そうに座ると、姫は完璧な作り笑いを浮かべ、ミニスカートから覗く黒いストッキングに包まれた長い足を組んだ。

「お飲み物はいかがしましょう！」

「ボトルあるし」

メスで切りひらかれた大きな瞳で無邪気に笑う。コンシーラーとCCクリームでカバーされた毛穴と肌に光るラメはプラスチックのマネキンを思わせる。

「すいません瀬理奈さん！　前回でボトルは――」

「あそう。じゃあ新しいの入れるし。なんにしようかな〜ってか、男爵は？　男爵よんで」

ちょうどバックヤードにいた神威の携帯が男爵につながった。

「男爵。すいません瀬理奈さんが来てるんですけど来られませんか」

『すまん、ちょっと今銚子の実家というかセクシー王国だ』急に電話したせいか設定がブレた。

『母の見舞いでな。店に行けるかどうかわからん……確か瀬理奈には休みとメールしておいたはずだが』

「そうですか」

神威は瀬理奈が来た理由がわかった。体調の悪い母親の見舞いのあと、店にあらわれるかもしれない男爵をなぐさめようというのだろう。優しさか下心か。

バックヤードにおかれた赤ちゃんがおんぎゃあと泣いた。

『気をつけろ』

「なにがですか」

『瀬理奈に子供の話はするな。彼女はシングルマザーだ。実家暮らしだがな』

「マジですか……」初耳だった。

『遊びに来てまで赤ん坊を見たくないというのが姫の心理だ。では、健闘を祈る』

電話の切断音が不穏に耳に残った。

「今日、男爵はお休みなんだ」

戻って瀬理奈に報告する。

「えー、来ないの？　ほんとにー？　嘘ついてない？　なんだーじゃ帰るし」

いきなり魔法が解けたように冷酷な目になってメニュー表を閉じて立ち上がる。

「姫さま」

神威がすかさず彼女の肩に両手をおいて無理矢理ソファに座らせる。

「あたし帰りたいんだケド」

「夜はこれからだよ。そんなつれないこと言わずに。さあさあさあさあのんでのんでのんで」

「えーどうしよっかなあ～」

神威の説得で渋々瀬理奈はメンソールの煙草《たばこ》をくわえる。神威はすかさずデュポンのライターで火を付けようとした――が、その瞬間全員の視線が煙草に注がれる。

煙草は赤ちゃんにはまずかった。

ぐぁ！　と、清春が叫んで床にくずおれ、膝《ひざ》をつく。

「え……？　なに、どうしたの？」

すかさず神威がヘルプ。

「あ、ごめんね。ちょっと清春が喉《のど》やられてて、今日は禁煙ってことで」

「は？　なに、それ。禁煙？　嘘でしょ、ありえないっしょ」

露骨に気分を害したという顔で、睨《にら》み付《つ》けてくる。SHOWGOがすかさずシャンパンを手に現れ、救いの手を差し出す。

「はいはいはい！　これはお店から、瀬理奈さんに感謝を込めてプレゼントです！　みんなで飲みましょう！　てか俺が飲んじゃいますね！　はいコールお願いします」

「はいはいはいはい」「のんでのんでのんで！」「のんで！」「今宵の新宿歌舞伎町」「一番かわいい！」「瀬理奈姫！」「どんすかすちゃらか！」「ぽいぽいぽーい！」「あんたがいちばん！」「最高！」「かわいい！」「最強」「かわいいかわいい！」「ぐいっと！」「ぐいっと！」「どんどこどんどこ！」「チャーシュー麺！」「ぱらりらぱらりら！」「にんにくぬきで！」「ぐぐぐぐぐぐ！」

脳の思考を停止させる魔法の呪文。それがシャンパンコール。SHOWGOが一気にシャンパンを一本飲み干し、喝采《かっさい》を浴びているその合間に、なにかが、なにかが聞こえる。それは原初の叫びおんぎゃあ。

「あれ？　なんか聞こえない？」

ヒカルがおくるみにくるまった赤ちゃんを抱きしめながら、神秘めいたスーフィのように、回転しながらフロアで踊っていた。

「なに……あれ」

神威は覚悟を決めて優しく微笑《ほほえ》む。

「ベイビー……あるいは赤ちゃん、もしかすると新生児、と、見せかけて赤ん坊かもしれないね」

「なんで？」

清春がすかさずヘルプ。「なんで赤ちゃんなのかっていうと赤いからでしょ。なんでレッドじゃないんですかねマントヒヒって緋色だからヒヒなんでしょうかね赤ちゃん赤いよね。赤ってすごいロゼだよね赤入れちゃう？　入れちゃおうぜ赤！　いいから入れよ！」もはや清春の言語中枢はオーバーヒート。意味がわからないことを口走っているようで本能でボトルをねじこもうとする野性の力。眼前のダンスは魅惑のベイビーステップ。

「なんでホストクラブ来て赤ちゃんいんの？　おもしろすぎなんですけど？」

これは――いけるのか？　フロアの陰でSHOWGOが汗を拭いた。すかさず神威はフォローに入る。

「新しい伝説をはじめようとおもっ――」

「なんか冷めた。帰るし」

瀬理奈は立ち上がるととりつく島もない態度で出口に向かった。

見送る目の前でエレベーターのドアが閉まり、残されたキャストたちは、悔しさに唇をかむ。

「なにがだめだったのかさっぱりわかんねえし！」

そう叫びながら清春が壁を殴《なぐ》った。

瀬理奈が去ったあとはまるで谷底に落ちたように、営業メールのレスも鈍り、お客がぱったりと来なくなった。やはり、なにかが間違っていたのだろうか――キャストたちが自らのカリスマ性に疑問をもちかけたそのとき、救世主が降臨した。

「ごきげんよう。みなさん、お久しぶりね」

千草《ちぐさ》だ。五〇代半ばのほっそりと枯れたモード系美人。

彼女はこの店のオープン以来の太客で、身のこなしや上品な言葉遣い、肌の張り、鍛えられたインナーマッスル。あらゆることが年齢を超越している。美容アドバイスや礼儀など有益な情報をもたらす、学ぶところが多い神威たちの師でもある。

「はい神威にはこれ、新しく輸入はじめたキヌア。ボリビアの穀物よ。アサイーとこれで健康はバッチリ。あとこっちはキャピキシル配合の育毛剤とリジン錠剤。SHOWGO、あなたちょっと前髪が薄くなってきてるからいまからケアしておきなさい。それと前に頼まれていたアルガンオイルとローズエッセンス」そう言いながらてきぱきと店のキャストに様々なものを手渡していく。

彼女の仕事は美容関係。エステの経営と輸入化粧品の販売やアクセサリーのデザインをし、オーガニック系料理本も出していて、昼のワイドショーのコメンテーターもしている。なぜそこまで働くのかわからないほど多岐にわたるビジネス展開。

「千草さん、ちょっと新しいキャストを紹介したいんです」

そう言って、神威は彼女の手を握った。

「店長……いいんすか」清春が目の前に立ちはだかる。これが危険な賭《か》けだということには誰もが気付いていた。店のVIPルーム、赤白青の薔薇の造花で飾り付けられたベビーベッドは棘だらけの危険地帯。神威は清春に目で合図する。いくぞ。鬼が出るか蛇が出るか。

彼女がそのベッドをのぞきこむ。

「まあ……」

誰もが息を呑《の》む瞬間。アリなのか？　ナシなのか？

「ちょっと抱っこしていいかしら」

「かまいません。どうぞ」

アリなのか？　ナシなのか？

「かわいいわね」

千草は子供をぎこちなく抱きしめると神威にそう言った。

「ミルクも、ボトルで用意してあるのかしら。だったら一本入れてあげてもいいわよ」

「ミルク入ります！」

神威はすぐにピンドンのボトルに入れたミルクを用意させ、それをワイングラスに注いだ。グラスのなかでうねりながら、まるで高級なシルクのように輝く白い液体。それをさらに哺乳瓶に充填すると、彼女はたどたどしく赤ちゃんにそれを飲ませる。

「ほんとにかわいい」

千草には子供がいない。もしかすると、人生のどこかで子供をつくろうと思ったことがあったのかもしれない。あるいはそれをあきらめるという決断をしたのかもしれない。プライベートに口を出さないことはホストのマナーのひとつだ。


ひとしきり遊んだ彼女をエレベーターへ送っていく途中、

「勘違いしないでね神威。今日だけよ」

そう言われ、え――と思わず聞き返してしまう。

「あなた、私がどうしてこのお店に来るかわかってる？　夢を見に来てるのよ」

「わかってます。だから俺は新しい形の夢を――」

「しばらく来ないわ」

エレベーターが閉まる間際に、優しく微笑みながら千草は言った。

「こういうお店をやるなら、赤ちゃんに夢を持ってる人を相手になさい」


神威が営業終わりのラストソング、L'Arc-en-Cielの「flower」を歌う頃、全員の顔に疲労の影が浮かんでいた。

今日の売り上げペースが続くと、経営はかなり厳しくなる。ともすれば逃げの思考に陥《おちい》る自分に活を入れるために、マイクを取った神威は言った。

「最新宇宙論によればこの広大な宇宙すら無から生まれたという。ここからすべては生まれる。今俺たちは限りない可能性の岐路に立っている。無からすべてを生み出そう。考えてみよう。一を一〇〇にすることは誰でもできる。だが、〇を一にすることは優れたアーティストにしかできない」

自分を鼓舞するためのアジテーションも虚《むな》しく、千草に言われたことがボディブローのようにじわじわと効いてきた。

男爵にかつて教わったリフレーミングテクニックにより、彼女がしばらく店に来ない事実をポジティヴに考えてみる。そう、いままで千草に甘えていたのかもしれない。その甘えから脱却して己の天才性を一億%発揮するときがついにやってきたのだ。これは成長するチャンスだ。

疑問を持つのはあとからでいいのだ、やるのだ、とにかく。なにをすればいいのかわからなくとも、とにかくなにかをやるのだ——神威の決意を嘲笑《あざわら》うように、赤ちゃんがまた泣き始める。ＶＩＰルームでおむつを交換しようとして、ストックがないことに気付く。今、神威がやるべきことは、無から紙おむつを生み出すこと。

それは、無から宇宙を作り出すよりは容易なはずだった。

歌舞伎町住人のライフライン、あらゆるものが揃う巨大なペンギン印の不夜城、ドン・キホーテ。靖国通り沿いに屹立するその堂々たる風格と巨体は、他のビルの追随を許さない。

†

深夜にもかかわらず賑《にぎ》わう店内に入ると、衣類が天井まで圧縮陳列された狭い通路に、人がひしめきあっていた。神威はベビーカーを押してその狭い通路を進み、Tシャツを畳《たた》む若い男の店員に、すいませんと声をかける。

「おむつってどこにあるかわかる？」

「紙おむつ、ですか」

店員はTシャツを棚に戻しながら目を泳がせ、少々お待ちください、とカウンターのほうへ消えた。狭い通路をふさぐベビーカーに迷惑そうな顔を向けるお客たち。彼らにもあーあーと愛嬌をふりまく赤ちゃんに、神威は天性のカリスマ性を感じた。

店員は、もどってくると、「すいません」と申し訳なさそうに、「ちょっと……紙おむつは、うちにはないみたいです」と告げた。

なんでも揃う四次元ポケットのようなこの空間に、おむつがない、などということがありえるだろうか。

「……ないって、どういうこと？」

深すぎる禅問答にも似たその問いかけに、店員はしばし思考停止状態に陥ったのち、

「……ない、ということです」

と、完全なる同語反復を口にした。

それ以外にどう答えようがあるだろうか。赤ちゃんの泣き声で我に返った神威は、「そっか、ありがとう」と精一杯の笑顔で、店員と握手をして外へ出た。

ドン・キホーテにないものが、この世界に存在するという事実を知ることで、神威はまたひとつ成長した。しかし、ならばおむつはどこにあるというのだろう。

神威がベビーカーを押して一〇メートルも進むと、目の前をメリーズと書かれた段ボールを抱えた男が通り過ぎ、ダイコクドラッグのなかに消えていった。

マンションへ戻ると、神威はリビングのソファに赤ちゃんを置いて、慣れない手つきで排泄物まみれになりながら、おむつを脱がせた。ちょうどいいので、母子手帳に

書かれていた沐浴というものを試してみようと、風呂桶にぬるま湯をためてそのなかに赤ちゃんを恐る恐る入れてみる。

ダイコクドラッグで紙おむつと一緒に買った、弱酸性ボディソープで身体を綺麗に洗ってやると、赤ちゃんはくすぐったそうにきゃっきゃっと笑った。

「なんだ、おまえ笑えるのか」

神威もその笑顔につられて笑った。

タオルで丁寧に身体を拭き、おむつをはかせてミルクを飲ませてやると、満足した様子でゲップをして穏やかに目を閉じ、呼吸をしているのか心配になるほどゆっくりしたリズムで寝息を立て始める。

その隙《すき》に二日ぶりの入浴をしようと、バスタブにお湯をはり、クナイプのオーガニック入浴剤をたっぷりと溶かしていると、リビングからまたもやあのおんぎゃあ。

慌《あわ》てて戻ると、赤ちゃんは頭を下にして逆さまの姿でソファからはみ出している。今まさに落下せんとする彼に向かって、神威はホスト特有の夜の瞬発力を駆使した猛ダッシュでメジャーリーグ級のスライディングをキメ、間一髪で彼を受け止めた。

その瞬間、泣く吐く暴れる、三拍子揃った地獄のようなサウンド&アクション。抱いてもなだめても止まらない。下ろすとボリュームが倍になるので、抱いて動き続けなくてはならない。

丸一日以上一睡もしていないうえに、店でもずっと気を張っていたので、心身共にへとへとだ。朝になってようやく赤ちゃんが眠ると同時に神威も眠りに落ちた。が、その睡眠は三時間で強引に破られる。

赤ちゃんがまたもやミルクを所望するように泣きわめき、神威はフラフラの頭でその声に従うように台所のお湯でミルクをつくって飲ませた。哺乳瓶から白い液体を必死に嚥下《えんか》しつづける生あたたかい小さな存在が、人間とは思えなくなってくる。ミルクを飲み終え、ゲップをさせると、紙おむつを替える。

やっと一段落ついたと思ったら、どこからともなく炊きたてのご飯のような匂いが漂《ただよ》ってきた。赤ん坊を見ると、おむつの脇からこぼれた黄色い便が、雪豹の毛皮を汚していた。

ティッシュでそれをふいて、もういちどおむつを付け替える。ゴミ箱は二日分のティッシュとおむつであふれ、酸《す》っぱい臭いが漂っている。

腹が減っていたが、コンビニに行くことすら億劫《おっくう》に思え、カップラーメンですませた。携帯の電源を入れて着信をチェックしていると、またもや赤ん坊が泣き始めたのでスリングに入れてリビングを歩き回ってなだめながら、朦朧《もうろう》とする頭で、ひたすら女の子たちに甘い言葉を返信しつづける。

女の子のわがままにはなにかの意図や主張があり、最終的に神威がそれを受け入れられなくなれば関係を終わりにすれば良かった。

だが、赤ちゃんは違う。

主張の意味も、意図も、なにもかもわからないのに一緒にいなくてはならないのだ。放っておけばおそらく生きられない。死ぬ死ぬ詐欺《さぎ》を繰り返す、たちの悪いメンヘラ女とよく似ている。メンヘラ女なら追い出せるが、赤ちゃんは神威がネグレクトすれば本当に死んでしまい、それは神威の過失となる。やりたくなくても絶対にやらなくてはならない、勝手に負わされた責任と、「赤ん坊は良いものであり、それを愛するのは当然である」という世間の常識で、完全に逃げ場を奪われる。

そういえば何年か前、育児放棄して店にやってきた女の客が、追いかけてきた夫と泥沼の罵《のの》り合《あ》いを見せたことがあった。そうか、こういうことかと今まさに理解できた。育児中の女性たちの精神状態は完全にレッドゾーン。「世間の常識」という自分の価値とはちがう高圧電流が流されたその人生は、触れれば感電死が避けられない金網デスマッチと化しているのだ。

神威もまた例外ではない。

男爵に助けを求めればいいと頭ではわかっているのに、どうしても心苦しい。仕事なら他人に軽く任せられるが、これは仕事ではない。赤ちゃんの命をふくめた、全存在の重みが背中にのしかかり、そのプレッシャーに胃がきりきりと痛み始める。おまけに、赤ちゃんにとっての幸せは愛情を持った保護者（つまり神威）と一緒に過ごすことだ――などと保守的なことを考えてしまっている。

常識や、つまらない感情に囚《とら》われることは、成功を遠ざけることだと信じて生きてきた。それなのに、まさか自分のなかに、これほどまでに常識が擦《す》り込《こ》まれていたとは――驚くばかりだった。

泣き声の騒音のなかで湧き上がるとてつもない破壊衝動が鳩尾《みぞおち》で暴れ回り、もはやなにを破壊したいのかすら理解できない。とてつもなくみじめな気分になり、涙が出てきた。

上京してから一度たりともこんなことはなかった。こんな絶望的な気分を味わわせる赤ちゃんに対して憎しみが湧いてきたが、その憎しみを抱いている自分の心が醜《みにく》いものに思えて、今度は自己嫌悪に陥る。

気付くとベランダにいた。

濡れた靴下が足の裏に張りついて気持ちわるい。

自分がなにをしようとしているのか気づいて、背筋がぞっとした。カリスマモードのスイッチを強引に入れ、赤ん坊に子守歌がわりのシャンパンコールを囁き続ける。苦しみから逃れたい一心で、処方はないかとスマートフォンを片手にいろいろ調べるうち、育児専門のネット掲示板にたどり着いた。

そこは、子供をめぐる制度や社会や姑へのどろどろした愚痴で溢《あふ》れかえっており、毒気にあてられそうになった神威は場をなごませるつもりで「ぼくの赤ちゃんです」と、赤ちゃんの寝顔写メを送信してみた。

ものの数分でレスがついた。

543：育児に疲れた名無しさん：2015/08/XX
　つか写真のせるとか馬鹿なの？

544：育児に疲れた名無しさん：2015/08/XX
　ＤＱＮしね

普段の神威なら流していただろうが、眠気で思考が鈍っている上に匿名《とくめい》ということ

もあり、思わず、

545：育児に疲れた名無しさん：2015/08/XX
帰ってきたら置かれていたので自分の子かもわからないんですけど。

そう書いて送信していた。またすぐにレスがつく。

――釣り乙

――ネタ師降臨

――マジなら24

――Kいけ

24やKというのがどういう意味かわからず調べてみると、警察を意味するようだった。勉強になった……掲示板を去ろうとしたところ、

――なまえは

最後についたそのレスで、神威は初めて赤ちゃんにまだ名前がないことに気付いた。確か子供は生まれてすぐ、役所に名前を届けなくてはいけないのではないか。ところが検索してみると、特別な事情がある場合は後から「追完届」を提出すれば保留

にできるようだった。
ただし、そもそも出生届が出されていないとしたら、名前どころではない。
課題は山積みで解決の糸口もまったくつかめない。不安定な未来を予告するかのように、
——未定
と返すと、大喜利のように次々とバカみたいな名前が寄せられた。
——財留ってどう。私は息子にそうつけたかったんだけどウトメにとめられた
——イミフ
——江口だから江口財留でＥＸＩＬＥになる
——ｗｗｗ
——ＤＱＮ乙
——ＤＱＮだけど一〇〇万払ってもその名前にしたかったわ
——隣の火野さんちの子にのび太ってつけてくれるなら五〇万払う
——自分で名前付けたら他人の子でも愛着わきそう
みんなわりと名前にこだわりがあるようだった。ぼんやりした頭でそれを見ていると、神威の頭に突然、ひとつのアイデアがひらめいた。

†

帰宅ラッシュが一段落した夕方すぎ。

喉の渇きを癒《いや》すためにビールを求めるサラリーマンたちと逆行するように、神威はベビーカーを押して近未来的な地下通路を抜ける。いつもなら二段飛ばしで駆け上がるエスカレーターも、ベビーカー同伴では使えず、一旦、エレベーターに乗って地上に出てから、六本木ヒルズのだだっぴろいエントランスでＩＤパスをもらい、オフィスへ続く直通エレベーターに乗って地上二四階へ。アンドロイドのように作り物めいた美しい受付嬢に用件を伝え、待つこと五分、

「社長室へどうぞ」

事務員の案内で社長室へ通されるなり、短髪をワックスで立てた涼しげな目の男が、セルフレーム眼鏡を光らせ、無精髭をなでながら革張りのチェアに座ってニヤリと笑った。

整った顔と、右の目元にある泣きぼくろが妙に色っぽい。

「よお。元気か。景気はどうだ？」

「メールしただろ、最低だ。だけど最低は最高にもなりうるチャンスだからね」

三國孔明《みくにこうめい》は、かつて神威が一八でホストになったとき、同じ店にいた仲間だった。頭が良すぎるというのはこんな人間のことを言うのだろう。九歳から学校へ行かず、プログラマーとして実務をこなし、一六になる頃には凄腕のフリーランスとして会社を経営していた。存在自体が信じられなかった。

なぜホストに？　と聞いたら、「童貞捨てようと思って」というものすごく馬鹿みたいな理由が飛び出してきた。

最初の見た目は完全にアウトだった。オタクというのもオタクに失礼なほどで、ほとんど浮浪者に近かったが、当時の先輩たちの指導で別人のように生まれ変わった。人気もそれなりに出たけれど最後まで孔明は生身の女が好きになれなかったらしく、結局童貞のまま仕事をやめた。「生身の女は臭《くさ》い」というのが理由だった。

「そっちは相変わらず景気良さそうだな」窓の外にひろがる東京の夕暮れを眺めながら言った。「ITってそんな儲かるのか？」

「通帳見せようか？　機械がバグってんのかと思うような桁《けた》になってるぞ。アプリがひとつ当たればあっという間にIPO……なんて状況もあと数年で終わりだろうけどな」

孔明の会社はいわゆるソーシャルゲームの企画開発を主に請け負っている。二年前にスマートフォンでリリースしたパズルゲームがヒットしてあっという間に上場。その後はプラットフォームビジネスに参入しつつ、PC用のブラウザゲームやら、道楽で妙なポータルサイトやらも運営している。最近では経産省に招かれて海外戦略アドバイザーとかいう謎の肩書きももらっているらしい。去年ここへ来たときには青いジャージ姿だった孔明も、いっぱしのビジネスマンの風格を漂わせている。なにしろ身につけているものがまったく違う。

「その超高そうな時計、本物？」

「お、わかるか」

角のとれた柔らかな四角形のベゼルが特徴的なそれは、パテック フィリップのノーチラス。確か三〇〇万以上するはずだ。

「税金対策みたいなもんだ。いざとなりゃ高く売れるしな。見ろ」

右に三本、左に四本。

「筋トレでもしてるのか……？　なんで七本もつけてるんだ」

「オシャレだろ。七は素数だからな」

小学生が考えたマンガに出てくるマッドサイエンティストの台詞のようだった。

「このジャケットわかるか？」

孔明は椅子に腰掛けたまま自分の上着を指さす。ホストの鍛えられた眼力は、一瞬にしてあらゆる服飾品の値段を査定することができる。

「ヘンリープールのオーダーメイドスーツ、かな？」

じゃあ、これはどうだ。とジャケットのボタンをはずすと、インナーは「SEGA SATURN」という、レトロゲームのロゴがプリントされたTシャツ。椅子から立ち上がると、なぜかズボンが青いジャージだった。しかも見たことがないブランド――というか、村松《むらまつ》という苗字が刺繍《ししゅう》されているところから察するに学校のものだろう。

「おまえの苗字、確か三國だったと思うけど。その村松って誰だ」

「知らん。高円寺で買った古着だからな」

「どうしてジャージを？」

「どうせ座ってメールチェックしてハンコ押すだけの仕事なんだ。こっちのほうが快適だろ。それよりここに注目しろ」

黄金に輝くドクロのバックルにダイヤがちりばめられた、とてつもなく悪趣味なベルトがついていた。

「自分で作った。バックルの飾りはダイヤと純金でできてる。五〇〇万だ」

俗悪なデザインに眩暈《めまい》がした。無駄遣いという言葉を具現化したような物体がそこに存在していた。

「このドクロ、LEDで目が光るんだぜ。すごいだろ」

そう言って孔明はドクロの瞳を赤く光らせた。ライダーベルトのようで、ちょっとかっこいいと思ったが、思わず反射的に別の言葉が漏れる。

「馬鹿なの？」

「馬鹿みたいに散財しないと馬鹿みたいに金持って行かれるんだよ」

孔明はどっかりと椅子に倒れ込むと、「税務署はクソだ」気怠さと退屈を一〇倍濃縮ブレンドしたような声でそう言った。

「忙しいだろ。手短に言うよ」

「まあそう焦《あせ》るな。帰っても借金だらけの店があるだけなんだからゆっくりしていけよ。そういえば、なんでベビーカーなんか押してんだ？」

ちょうどそのときベビーカーのなかで赤ちゃんが泣きはじめ、神威はよしよしと抱き上げてスリングに入れる。

「おいおい……神威、マジか？　ギャグか？　なんだそのガキ……おまえの子供か？」

「家に帰ったらこいつが部屋の前にいたんだ」

「どういうことだ？　部屋が子供産んだのか？」

「わからない。俺の子かも知れないけど、他人の子かも知れない」

「捨て子か？　おまえ……まさか育てる気か？」

もちろん、とうなずくと、孔明は呆れかえったように口を開けた。

「正気か？　過去のトラウマでも克服する気か？　あるいは、この国の少子化に対するなにかの決意表明か？」

「難しいことはわからないけど、これは前向きに考えればチャンスだと思うんだ」

孔明は立ち上がって神威に近づき、母親のように優しく肩を抱き寄せて、椅子に座らせる。

「神威……良く聞け。おまえは前向きに考えすぎる……前向き病だ。あとで知り合いの心療内科を紹介してやるよ。さすがに知らないガキを育てるとか、意味がわかんねえ……なんでそこまですんの？　おまえおかしくね、逃げろよ、そんなんすてちまえよ。だって、それおまえのガキかどうかわかんねえんだろ。妙な責任感じるのはわかるけど、ここで終わるわけにはいかねえだろ。日本一の店つくるんだろ？」

「孔明。俺は自分が好きなんだよ」まるでナルシストのようだが実際、神威は自分が好きなので間違ってはいない。

「ああ、知ってるよ。おまえ鏡で自分見ながらオナニーできるって言ってたもんな……」

「YES。俺はそっち方面も伝説的だからね。まあそれはおいといて、俺が好きな自分っていうのは、自分のやったことの責任がとれる自分なんだ。こういうことが起きたのはたぶん俺が気付かないうちになにかやらかしてたからだと思う。それでも、やっぱそれって俺が好きな自分が起こした過《あやま》ちってことだろ？　俺が好きな俺を貫いて起きたトラブルだとしたら、それに対する責任はとらないと」

「けどよ、心当たりねえんだろ？」

「少なくとも枕はしてない。けど、寝た女の子のことはあんまり覚えてないんだ。もしやっちゃったんだとしたら、そのときの自分は相手のことが好きだったと思う。しょうがないよ。そういうことする自分が俺は、好きなんだ。その果てに産まれた関係だったら、それにも責任とらなきゃ。女はいやがるだろうけどね。気持ちの生き物だし。でも子供には関係ないっしょ。俺の勝手でここに来た子供には責任ないし、俺に全責任があるわけだし、そういうこと」

孔明は神威に背を向けて、六本木の夜景を見ながら言った。

「おまえの前向きと自分好き、世界一だわ……。ちょっと感動するくらいだわ」

気のせいだろうか、孔明の声が少し震えているような気がした。

「で、単刀直入かつ単純明快に言わせてもらうと、お金が必要なんだ」

「なんだよ、金の話なら先に言え。いくら貸せばいい？」

「借りに来たわけじゃない。餓《う》えてる人間には魚をやるより魚釣りの方法を教えるほうがいい——前にそう言ってただろ？　そんなわけでクラフト・ファウンデングってやつをやりたい。やり方を教えてくれ」

「クラウドファンディングな……付け焼き刃感がすげえな。おまえがやるの？」

「そうだ。うちのホストクラブのビューティフルな未来型経営のために資金を集めるんだよ」

「なんかおまえだんだん雰囲気が男爵に似てきたな……それはさておき、普段女に貢がれてるホストにネット民が金出すとは思えねえな。やめとけ、ルサンチマン渦巻く非モテが幅を利かせる世界じゃ、ホストはヘイトを集める恰好《かっこう》のネタだ。歌舞伎町で太客捕まえとけよ」

「孔明。おまえは勘違いしている。違うよ。この赤ちゃんが主役なんだ」

「はあ？」

神威は自分が考えたアイデアの概要を孔明に説明した。

「どうだ。俺の天才的なひらめきによる革命的アイデアは」

孔明は椅子に座って静かに話を聞いていたかと思うと、じっと神威を見つめて言った。

「……それ、おまえが考えたのか」

神威がうなずくと、孔明はものすごい勢いで貧乏揺すりをはじめた。

「すげえぞ……。おもしれえ。おもしれえよ！」

孔明は瞳孔《どうこう》を拡げて、奇声を発して笑い転げた。

「アガってきた！　いいよ、いいよ！　やっちゃおうぜ、いやあ！　いいねぇ！　日本始まっちゃうぜこれ！　そういうことなら俺が手伝ってやるよ」

自分と同じくこの世界の革命を望んでいるこの男なら、絶対にこのプランに乗ってくる——神威は最初からそう思っていた。

「よーし！　すぐに手配するから三日後……いや……明日！　店で待ってろよ」

わかった。恩に着る——泣き出した赤ちゃんをあやしながらそう言うと、神威はスリングに赤ちゃんを抱いたまま、ベビーカーを引きずって部屋を出た。

†

「おはよう!」

翌日、いつもの時間に出勤すると、店には清春がひとり立っていた。

「新人は」

清春は神威の目の前に、まるでトランプのカードのように大量の辞表をひろげた。

「みんなやめました。今日のキャストは、オレとヒカル。あとは男爵と、SHOWGOさんです」

予想していなかったと言えば嘘になる。確かにこれほど急激な店の変化についていける人間はなかなかいないだろう。彼らを恨《うら》んでも仕方ない。二〇人近くいたキャストが今やたった五人。

「残っているのは夜の世界を生きぬいてきた一騎当千の強者。より強固で無駄のない組織になったとも言えるよ」

「神威店長……正直現状、厳しいっすよ。営業メールしてても、明らかに客の反応が悪いんすよ。やっぱ赤ちゃんが……」

人の口に戸は立てられないということか。瀬理奈のまわりにはおしゃべり好きの女の子たちがわんさかいる。その情報拡散能力たるやSNSで一〇万フォロワーのネット有名人の比ではない。

「新しい作戦がある。みんなを集めて会議しよう」

五人はいつもの円卓ではなく別の部屋に集まった。

リムジン三台分ほどの広さのVIPルーム。大きなクリスタルのテーブルと、ゲストが座る黒い本革張りのソファがひとつ、その両脇には同じく本革張りの低めのスツール。壁にはドラクロワの絵。大きな白い花瓶には真っ赤な薔薇が爆発するように盛られ、壁際にあるマントルピースでは赤色LEDの炎が燃えさかり、キャストたちの情熱を誇示するかのようだ。

「というわけで、ネットを使おうと思うんだ」

集まったキャストを前にそう言った瞬間、全員が腕を組んで「ネット、ですか」と考え込んだ。

「具体的には、クラウドファンディングをやろうと思う」

SHOWGOが「あ、知ってます……」と言った。「インターネットを通してクリエイターや起業家が不特定多数の人から資金をつのるやつですよね。俺買ったことありますよ。素人が作ってた、好きな夢みられるマシンってやつ……」

「さすがBLUE†BLOODの精鋭たち。天才的に話が早い。じゃあ、みんな、これを」

神威はポケットからスマートフォンを取りだし、例としてクラウドファンディングで最もメジャーなサイトのトップページを表示させる。

音楽、本・漫画、アート、映画、あらゆるクリエイティブなプロジェクトにおける実行資金を、インターネットを通して一〇〇〇円という少額からつのることができる
――そう書かれている。

「へえ」とヒカルが声を上げ、説明文に目を走らせる。

「なるほど。これでうちの店の支援をつのるわけっすか」

「このサイトでは、まず資金をつのりたいプロジェクトを投稿する。すると、7営業日以内にサイト元から審査に合格したか連絡が来る。合格すればプロジェクトは公開され、一般から資金がつのれる」

「これはプロジェクトとして企画書を作れ、ということか？　何をするつもりかわからないが、審査が厳しいのでは？」

男爵が難色を示す。

「もちろん無理でしょう。普通ならね」

バン、と店の扉が音を立てて開いた。入ってきたのは小脇にMacBook Airを抱えた、ジャケットにジャージ姿の孔明だ。

「おお孔明……生きていたか」

「それなりに生きてますよ。男爵も、そのスタイル……相変わらずマジ男爵ですね」

と、ドレスシャツに真紅のガウンという男爵の吸血鬼スタイルを賞賛する。

「我が弟子よ。世界の罪人からマネーという名の血を元気にしぼりとっているのか」

「はい。絶好調ですよ。ところでベルトみてください。このドクロ、LEDで目が光るんですよ」

「すばらしいセンスだ」

「ちなみにマスクもあるんですよ」

「おまえがいれば世界は安心だな。新時代のヒーローに祝福を」

久闊《きゅうかつ》を叙《じょ》してハグする二人を、微妙な顔で見つめるキャストたちを無視し、孔明は涼しい顔で神威の隣に座ると、テーブルの上にパソコンを置いてキーを叩き始めた。

「きてるきてるよきてる！　いいねえ……みなさん、今日はこの店のために用意した最高のソリューションを披露しますよ」

画面にWEBサイトが表示された。

「さあ、これが我が社が提案するこの国を革命する超サービス《KIDS-FIRE.COM》です！」

トップページは標準的な2カラムのサイトで、左上にヘルベチカ書体で《KIDS-FIRE.COM》とサイト名が表示され、右上にログインボタン。中央には「日本を革命するソーシャル子育てサイト」と、大きく書かれている。

「どういうことだ？」

ワイングラスを片手に唸る男爵に、神威が説明する。

「クラウドファンディングで子供への寄付をつのります。が——現存するサービス……たとえばさっきのサイトでは絶対にそんな企画通りません。そこで孔明に相談してイチからサービスを立ち上げてもらいました。これがその新サイトです」

孔明が言う。

「この手のサイトはうちでもいくつかローンチ済みだったんで、内容をちょっとカスタマイズするだけで完成ってわけ。あとは運営しながらアップデートしていく予定」

「よし、じゃあみんな今回の計画について説明するから聞いてほしい」

全員が孔明と神威の周りを囲み、ＰＣの画面をのぞき込む。そこには運営ポリシーが書かれている。

「俺たちが今日から運営するのはこういうサイトだよ」

《ＩＴで日本の子育てを変える！》

日本は今、危機に瀕《ひん》しています。

少子高齢化、人口減少、政治不信、テロ、災害……。しかし、なによりこの国を担う若い力が不足しています。

高度成長期につくられた制度がそのまま残り、現代にマッチした子育て環境が整備されていない。

この現状を打開するために、我々はここに「ソーシャル子育て」を提案します。

本当の自分と、子供のために、ありのままに生きられる世界を。

「なんかすごそうですけど、要するに、どういうことっすか？」

神威は、顔をしかめる清春に笑顔で言った。

「赤ちゃんを日本全体で育てるプロジェクトだよ」

あの日、千草に言われた――「やるなら、赤ちゃんに夢を持ってる人を相手になさい」。あの言葉をヒントに、神威は子育てについて自分なりに考え続けた。赤ちゃんにミルクをやり、夜景を眺め、そしてこの子育てに翻弄《ほんろう》される人々を想像していたとき、天才的なひらめきによってもたらされたのがこの方法だった。

赤ちゃんを抱えて生きていくとしたら問題は結局のところ金なのではないか。時間や精神的余裕の問題も、金があれば軽減される。

どうしてひとりの子育てが大変か、それはこの国が一人親に、たいした援助をしないからだ。なんせ、子育てを楽にするような法律や制度がほとんどない。おまけに労働環境は子供がいる家にとっては最悪。

これはもはや人類全体で取り組むべき問題なのだ。

みんなで協力できれば、子育ては楽になる。赤ちゃんに夢を持っている人に、その夢を買ってもらう。

「今言ったとおり、今日からここを拠点にしてクラウドファンディングで金を集める。俺が『SPA!』で読んだところによると子供一人育てるのに必要なのは三〇〇〇万円らしいので、目標金額は五〇〇〇万円にしてみた。出資はできれば高齢者にお願いしたいところだ。定年退職した、子供のいないお金持ちの高齢者が理想的だ。クラウドファンディングは通常、出資金額に応じたリターンが設定されている。ここに俺が考えた出資の特典が書いてある。これがプロジェクトの概要だ」

《レジェンド・オブ・赤ちゃんプロジェクト》

歌舞伎町の伝説的ホストクラブ「BLUE†BLOOD」に0歳児のホストが降臨！　キリスト誕生を凌駕《りょうが》する人類史上最強イベントである彼の生誕に合わせ、彼の人生の一部を販売いたします。歌舞伎町の伝説と、安らかな老後を作りませんか？

【基本プラン】50万円（20人）動画メッセージ、成長記録が秘密のブログで一生閲覧できます。四季折々の子供の笑顔を楽しめます。設置型カメラでいつでも彼の顔を見られます。

【ゴッドファーザープラン】1500万円（1人）基本プラン＋命名権です。あなたの好きな名前をつけられます。募集は1ヵ月以内！　お早めに。

【赤ちゃんプラン】１０００万円（１人）基本プラン＋ミルクをあげられます。お泊まりできます（別途料金）。６歳（小学校入学）まではあなたが選んだ洋服を自由に着せ替えることも可能です。あなたの地元の方言を話すようにします（外国語は別途料金）。好きな習い事に行かせることができます。

【小学校プラン】１０００万円（１人）小学校６年間の基本プラン＋ランドセル（別途料金）がプレゼントできます。中学受験進路への介入が可能（別途料金）。抜けた乳歯がもらえます。宿題や作文であなたの好きなテーマを書いてもらうことも可能。

【中学プラン】10万円（10人）中学３年間の基本プラン。説教する権利もあります。反抗期なので多少面倒ですが育て甲斐があります。

【高校プラン】10万円（10人）高校３年間の基本プラン＋進路決定権（多数決になります）。

【大学プラン】10万円（10人）大学4年間の基本プラン＋進路決定権（多数決になります）。

【成人プラン】10万円（10人）20代から5年の基本プラン＋就職決定権。お見合い相手選択権もあります（多数決）。ニートや引きこもりになった場合は説教も可能です。

【エア家族プラン】100万円（1人）基本プラン＋死ぬ間際に手を握ってもらえる権。

【介護プラン】1億円（1人）基本プラン＋毎月面会可能。死ぬ間際に手を握ってもらえます。遺産相続も受け付け可。ご指定の3年間、住み込みで介護します（子供が幼児期の場合は当店のスタッフとともにお邪魔します）。

※すべてのプランには誕生日を祝う権利がついています。基本プラン以上の出資

者には毎年彼から個別のメッセージが届きます。

「介護プランはプレミアム感を出すために、ちょっと高めに設定してあるが、他のプランが完全に売れればこれで目標金額の五〇〇〇万は達成できる。赤ちゃんはこの店の所属ってことになってるから、稼いだ金をこの店に使っても問題ない」

「中学校からやたら安いんですけど」

清春の疑問に孔明が笑いながら答える。

「中学生くらいになると子供は単なるクソガキだ。やはりここは幼児期にすべての力を注ぐべきだ。あとは介護」

そう、幼児期に可愛がって、最後に介護。高齢者にとってはこの二つが大事なのだ。

孔明が補足する。

「このサイトがもし成功してうまく回れば、高齢者の年金や貯金が若年層に分配される――つまり、日本が抱える世代間格差の問題が解決できるかもしれないってわけだ。OK?」

ぽかんとしているキャストたちに、神威が言う。

「このプロジェクトには大きな社会的意義がある。全力でこれに取り組むことは、これから先の俺たちの人生の貴重な経験になるはずだよ。伝説をつくろう。俺たちで世の中を変えるんだ」

神威の言葉にうなずく一同。モチベーションの高さが熱量となって伝わってくる。

一通り説明が終わると、時計は夜の八時を回っていた。

「よし、そろそろスタートするぞ。神威、この更新ボタンを押せばプロジェクトスタートだ」孔明がパソコンをこちらに向ける。

「《KIDS-FIRE.COM》開設」

全員が見守る中、神威はタンッと音を立ててエンターキーを叩く。

「これで開設されたのか?」

画面にはプロジェクトの名前と、雪豹の毛皮の上に座り、赤いスーツ姿で爽《さわ》やかな青と白のストライプのロンパースを着た赤ちゃんを抱いた、神威の写真が貼り付けられている。

「おう。あとはリアルタイムアクセス解析で動向を見守る。そのバッグのなかに入ってるノートPCを出して、各自そいつを起動してくれ」

百戦錬磨のカリスマホストたちは孔明の指示に戸惑いながらも全員スツールに座っ

て、テーブルに置いたPCを起動させた。

「具体的に、オレたちはなにをすればいいんですか？」

ヒカルがリモコンで冷房の温度を下げながら孔明にたずねる。

「ネットの使い方くらいはわかるよな？　まずツイッターの捨てアカつくってそこからこのプロジェクトを拡散しまくるんだ。そうだな、アカウントはひとり一〇〇個ずつ」

一〇〇個もですか？　とヒカルが聞き直したが、孔明は当然と言わんばかりに「なんなら一〇〇〇でもいい」と言い返す。

「そのアカウントで俺が作ったヴァイラルメディアの記事をシェアしろ」

ヴァイラルってなんですかと聞いた清春にむかって、シェアすると勝手に情報をひろげてくれる親切なサイトのことだ、と言ってニヤリと笑った。

「じゃ、明日までに頑張ってきます……」

「明日？　なに言ってんだ。今日いまこの瞬間から全員ここに籠城《ろうじょう》だ」

この言葉にはさすがに全員「え!?」と声を上げた。その拍子にベビーカーで眠っていた赤ちゃんが驚いて泣き始める。

「ヌルすぎるぜ。ネットの速度をわかってないな……すでに知り合いのメディアにはプレスを出してある。数時間で大騒ぎになるぞ」

†

サイトを開設して一時間後、おかしいな、とPCの前に座った孔明が髪を掻《か》きむしった。

「もしかしてなにか問題が発生してるのか？」

神威が聞くと、孔明は腕ぐみしてうなる。

「悪くはないが、思ったほどじゃない。問題は支援者がゼロってところだ。伸びしろはあるはずなんだが高齢者までは届いてない」

「さすがのおまえにも想定外だったか」

PCでツイッターのコメントを巡回しながら、神威もやはり話題の広がらなさを感じていた。

「落ち着け我が弟子たちよ。まだ一時間だ。そんなに焦ることはない。重要なことなら誰かが拾って議論の俎上《そじょう》にあげるはずだ」

ベビーベッドの赤ちゃんにガラガラを振る男爵の言葉に、腕組みした孔明は返す。

「ネットはそういうメディアじゃないんですよ。爆発力のあるネタならプレスに記事が出た瞬間、一五分くらいで一気に拡散する。そこが勝負なんです。一時間経ってもこの程度ってことは、ネタ自体の関心が薄いってことか……」

確かに、子供がどうのというネタはネットを使う一〇代や二〇代前半の人間にとって関心を引くものではない。当事者性がまったくない。そもそも子育てに支援が必要だと言われてもピンと来ないだろう。それどころか、面倒を見ることができないのになぜ子供を作ったんだと首をかしげて面白半分に揶揄されるだけだ。

「つまり、もっとこのプロジェクトを幅広い層に認知させなきゃいけないってことか」

「そのためにやれることってのは、ネットだとひとつしかない」

「どうすればいい」

孔明は唇をなめて笑い、楽しそうに言った。

「燃やすしかねえだろ」

神威もネットの炎上、というのはもちろん知っていたが、それがマーケティングになるというのは信じていなかった。

「本当に効果があるのか」

「それ以外になんか方法あんの？」

言われてみると思いつかない。

「調べてみろよ。冗談じゃなく大手企業が工作員雇って掲示板に書き込みさせてた時代もあったんだぜ。さすがに今はそんな牧歌的な時代じゃねえし、バレたときのリスク考えると割に合わねえけど。俺たちはゲリラだ。やれることはやるしかない」

「そうですよ神威店長」ヒカルが言った。「それに、前向きに考えてみれば、炎上にも楽しい気分になって笑えるものはあるはずです」

確かにそうだ、と神威がうなずく。

「そうだね。うん。全力でみんなを楽しませよう」

店でイベントの企画を立てる時のように、全員がひとつになった。

「神威店長に指示された写真とれました！　これはいい作品ですよ」ヒカルが嬉しそうに叫ぶ。

「素晴らしい……現代アート的オーラを感じる作品だ」

男爵はヒカルのスマートフォン画面を見て、笑った。そこには、スペシャルな笑顔の神威に抱っこされた赤ちゃんがシャンパンタワーにおしっこを漏らす、芸術的な写真が完成していた。

「投下用の燃料ですからね。並みの炎上では世間は振り向きません。SHOWGO、次はバカッター作戦だ。店の業務用冷蔵庫にはいってくれ。清春はカエル料理の出前を頼む。赤ちゃんと食べるところを記念撮影だ」

「いいねぇ、神威。メディアを挑発してるねぇ。徹底的に燃え上がらせようぜ」

孔明に言われるまでもなくそのつもりだ。炎上、拡散、批判、賛同、なんにせよすべてにおいて大衆の注目を浴びなくては始まらないのだ。

写真をアップして一五分後。SHOWGOが震える声で言った。

「BLUE†BLOODのアカウントがえらいことになってます……」

さっきから全員のスマートフォンが絶え間なく振動し続けていた。特に孔明のものが一番激しい。「おーおーすごいな、見ろ」ノートPCを持ち上げ、KIDS-FIRE.COM公式ツイッターアカウントをこっちに見せる。そこにはずらりとものすごい数の批判リプライが届いていた。「非人道的！」「マジキチ！」「子供をだしにした出資詐欺」「人権団体に通報しますた」「こいつら本当にどうしようもない。子供をなんだと思ってるの？」「最新バカッター」孔明が楽しそうに笑いながら読み上げる。

「サイトのほうの認知も一気に上がったぞ」

「賛同もけっこうあるけど、ほとんど批判だね」

神威の言葉を、孔明は鼻で笑った。

「言っただろ、ホストってだけでネットじゃヘイトを集めるって。ま、最初から温かく迎えられるサービスなんてねえよ。とにかくまずは認知されることだ」

「これが炎上か」スマートフォンを玩《もてあそ》びながら男爵がつぶやく。「携帯のバイブレーションから人々の醜い怒りの感情が伝わってくるようだ」

神威のスマートフォンもさっきから震え続けている。海の波よりも小さな振動。この程度では意味がない。現実を動かすためにはもっと激しい反応が必要なのだ。アラブの春に匹敵するような。

そうだ。

これは歌舞伎町革命――歌舞伎町の夏と後世に語り継がれる伝説のシーンなのだ。もっと激しい炎が必要だ。

「なんか変な画像が出回ってます」

見ると、ハッシュタグ＃KIDS_FIREで様々なコラージュ画像がアップされていた。多くは店のキャストの写真を加工したものだ。ガウンを着た男爵がなぜかニコラス・ケイジの顔になっていた。というか、キャストが全員ニコラス・ケイジだった。

クソコラだった。

「つか、うちの店のアカウントに変な文化人みたいなのが絡んできてうぜえんすけど！」シド・ヴィシャスのように唇を尖らせて清春が「横文字と漢字多すぎて意味わかんねえ！」とキレた。

「お、ちょっと見せろ」

孔明が清春のノートＰＣをのぞくと、こんなリプライが来ていた。


nippon_migita @BLUE_BLOOD あなたのやっていることは子供をダシにしたお金儲けで、人身売買と同じです。公序良俗に反しているとは思いませんか？　今すぐやめなさい。コンプライアンスはどうなってるんですか？


「なにもんだこいつ」孔明がアカウントをチェックして嬉しそうに言った。「おお！自明党の議員じゃねえか。ナイスクソリプ！　よし、こいつでさらに炎上だぜ」

孔明が自分のアカウントを使い、返信を打ち込む。


koumei_mikuni @nippon_migita このサービスの開発者ですがなにか？　文句が

あるならさっさと子供を支援する法律をつくってください。それをしない国や地方自治体は、シリアで人質を見捨てた政府と同じです。

koumei_mikuni @nippon_migita KIDS-FIRE.COM の精神を批判するということはつまり、国民を見殺しにする政府を肯定することと同じです。俺達のやってることを批判するなら政府も批判しましょう。


「よし、リプ晒《さら》してあとはブロック、と」

さすがに業界で有名な孔明の煽《あお》りにはインパクトがあったらしく、すさまじい速度でやり取りはまとめられ、拡散し、批判と賛同が一気に吹き荒れた。

「おっし。このくらい炎上すりゃ、まとめサイトでもバッチリ取り上げられるはずだ……と、ああそうそう神威、この店でネットに個人情報あるやついるか？　プロフィールアップしてたり、ブログやってたり、前科《マエ》持ってたりとか」

「前科はわからないけど、ブログは全員個人でやってるはずだよ」

「それ、全部晒されると思うからヨロシク」

はぁ!?　と、そこにいる全員が声をあげた。

「当然だろ。ネットにあるものはなにからなにまでぜんぶネタにされると思ってまちがいない。匿名の暇人どもの調査能力ナメんなよ。あいつらほど敵に回すと面倒で味方にすると頼りにならない迷惑な存在はいねえからな。つうかみんなそんなにヤバいもんネットにアップしてんのか？」

全員が押し黙った。神威だけが「俺はとくにない」と自信を持って言い切る。

「しょうがねえな。ちょうどハラ減ってきたし、とりあえず全員で小一時間焼肉でも食いに行くか。そこで全員消したいネット情報の詳細を教えてくれ。ヤバいのは先に削除する」

清春が「ヤキニクヤキニク！」と原始人のように騒ぎ始める。

そのとき、己の存在感を示すように響き渡るおんぎゃあ。

神威は訓練された軍人のような機敏な動きで、ベビーカーから赤ちゃんを抱き上げて揺すると、秒速で給湯室へ向かいミルクをつくり、消毒された哺乳瓶でそれを与えながら戻って来て言った。

「孔明、予定変更してくれ。焼肉はまた今度だ」

やってきたのは歌舞伎町に近い、新宿三丁目にある二四時間営業のファミリーレストランだった。

「なんでファミレスなんですか⁉」

焼肉を食い損ね、唇を尖らせて反抗する清春にほんのすこしばかりの同情の眼差しを向けながら、神威は言う。

「悪いな清春。あそこの焼肉屋は子供禁止なんだ」

以前の神威なら焼肉屋のオヤジになんら個人的感情を抱くことはなかったはずだが、今は限りない憎しみを抱いている。

子供くらい大目に見てやれよ。

子供禁止の飲食店ってなんなんだよ馬鹿なの？

前向きに考えられない人間すべてに腹が立つ。

「ガキってのは面倒なもんっすね」

神威たちはファミレスの一番角のボックス席に座ると、おんぎゃあおんぎゃあと大音量で泣きわめく赤ちゃんを、ラグビーボールのように順番に手渡していきながら、思い思いに好きなものをオーダーした。

メニュー表を見ていた清春がぼそりと、

「そうか、ファミレスってファミリー向けの場所だったんだよな」と、当り前のことを言う。

ずっと一人で来ることが多いので気付かなかったが、ファミリーレストランとはそもそもファミリーで来る客を想定して作られているのだ。だからこそ、サービスもファミリーにとってありがたいものばかりだ。お子様セットや、子供用の椅子と子供用の皿とスプーン。ファミリーレストラン、こんな深夜にもかかわらず優しさに溢れたベストプレイス。これからはファミレスなどという軽々しい略称を使うことは控え、きっちりとファミリーレストランと正式名称で呼ぶことにしようと神威は心に誓う。

「オレら一体なんに見えてるんでしょう」

派手な恰好のホスト五人と、得体のしれないジャケットにジャージ姿の男、そのあいだでパスされ続ける赤ちゃん。

「さあな。通報されないように祈れ」

孔明が言うと、男爵が首元にナプキンをきっちりとつけて、運ばれてきたコーンポタージュを銀色のスプーンでかきまぜながら言う。

「我々は新しい形の家族だ。そうではないか？　神威」

そうだったのか。言われて初めて気付いたのだが、確かにそうかもしれない。

食事がずらりと並んだテーブルは豪勢な晩餐会《ばんさんかい》の様相を呈していた。神威はときどき爆発的に起きる発作のようなおんぎゃあを、その都度ミルクでなだめる。

「家族だったらもっと赤ん坊の面倒見てくれると助かるんですが」

「無理だ。私に子育ての時間はない。一日のほとんどが睡眠に費やされているからな」

ふふふと優雅に笑う男爵の横顔にほんの少し怒りを覚えた。

しかし、実際にもし男爵が面倒を見てくれたとしても、たいして苦労が軽減されるわけでもない。そのうえ神威のなかでは、赤ちゃんの世話を他人にしてもらうことへの精神的な抵抗がますます大きくなりつつあった。

子供の面倒は親が見るべきである、などという常識はくだらない。

いい意味でもっと無責任になって、育てられる人間に任せてしまえばいい――子育てを端《はた》から見ていたときはそう思っていた。

だが、当事者になってみて初めてわかった。

この責任は誰かと分け合えるものではない。なぜそう考えてしまうのか、自分でもわからない。

「これからますますの炎上を祈って乾杯！」

孔明の音頭に全員がグラスを合わせる。

全員の目の前に料理が運ばれてきていざ——というその瞬間、清春が叫んだ。

「ファック！　あったまくるわー！」

「どうした清春」

「スプーンがないっす。カレーにスプーンついてないってありえなくないすか⁉」

確かに、いつも箸とフォークとスプーンが入っているトレイの中には何も入っていない。

「まて、前向きに考えろ」

「いや無理っしょ……神威店長。オレ店員呼びますよ。これは秒でクレーム入れて圧かけていいレベルっすよ」

「清春、おまえ、スリランカカレーを食べたことは」

「は？　なんすか……それ」

「スリランカカレーは、手で食べるのが基本だ」

「いや、でも……」

「手でカレーを食べたことがあるか」

「確かに……オレ、今までスプーンでしかカレーを食ったことがないっす……」

「俺たち日本人は五感を忘れている。カレーを手で食べることで、指の触覚が加わり、新たなる深みが増す。わかるか清春――これはおまえが成長するチャンスだ。言わば、気まぐれな女神からのギフト」

「ありがとうございます！　ギフトいただきましたー！」

清春は猛然と素手でカレーをかき混ぜると、「うおお！」と叫び、本場スリランカ人も顔負けの気迫でそれを口にする。

「うまい……指が感じる温度とこの複雑な触覚！　新しい！」

「ＳＨＯＷとしては面白い……」

「たしかに」

そう言ってＳＨＯＷＧＯとヒカルもカレーを手で食べる。

「さすが神威。ポジティヴを極めているな」

「この程度のポジティヴは日常茶飯事の伝説ですよ、男爵」

そう言って神威はナプキンでハンバーガーを持つと、一口かじって微笑んだ。

「神威……おまえ、まさか。スプーンがないことに気づいていたのか……」

「カリスマ、ですから」

常に先を読む神威の思考にぬかりはない。

「あ、すいません」

孔明は手をあげて店員を呼び止めると、

「スプーン一本」

そう言ってスプーンを使ってカレーを口に運んだ。


晩餐が一段落したところで、孔明はコーヒーを飲みながら言った。

「このあと店に戻ったらライブストリーミングで動画を配信しようと思う。数日中には炎上もピークを迎えて個人情報がネットにどんどん暴かれるだろう。さっきも言ったが、その前にヤバいことやってたやつは教えてくれ」

神威も続ける。

「あと、降りたいやつは今から降りてもいいよ。その場合、売り掛けの金は俺が全部負担するから。給料も先月分はすべて払うから心配しないでいい」

意外なことに誰もなにも言わなかった。付き合いが長い男爵とSHOWGOはともかく、正直、新人の清春とヒカルはこんな面倒なことにつき合う義理はないはずで、すぐにやめると言い出してもおかしくないと思っていた。

「いいのか清春、ヒカル」

「神威店長。オレ、教えてほしいことがあるんすよ」清春がビアジョッキを握りしめて言った。「その赤ちゃん、単に家の前に捨てられてただけで、誰の子供かもわからないんすよね」

「そうだよ」

「おかしくないすか。店長がここまでリスク背負うの。なんでそんなことするんすか」

「俺、馬鹿かな」そう聞き返すと清春は答え辛そうに目をそらした。

「清春はクラブ恋の恋田《こいだ》さん知ってる？」

「名前くらいは」

クラブ恋はおそらく日本で一番有名なホストクラブで、歌舞伎町の観光名所にもなっている。ど派手な外装とキャストの年齢層の高さ、その割には良心的な値段設定。今、主流のホストクラブとはズレているが、そこにはひとつの時代を作った店の伝統と歴史のようなものが感じられる。その店を一代で築き上げたのが恋田さんだ。

「恋田さんの前には自称息子がよく現れるけど、なにも聞かずにそいつら全員を受け入れるんだ。ホストとしてかっこいいよ。俺たちは女の金で生きてる。だからいつかはツケが回ってくる。そのときにそれを前向きに受け入れるかどうかで、自分の信念の正しさが決まる」

全員が黙り込んだ。

歴史に残るような本物の偉人の発言とはほど遠い。けれど、神威なりの本気だった。誰かを感動させるつもりなどないが、嘘ではない。素朴な神威という人間の本質。

「私の目に狂いはなかったようだな。神威、おまえこそホスト界を統《す》べる王の中の王だ」

アセロラジュースを飲みながら、男爵が満足そうに微笑む。

神威の言葉に耳を傾けていた清春とヒカルはお互いに目を合わせ、なにかを決断したようにこちらを見た。清春がゆっくりと口を開いた。

「神威さん。オレら、前はSのプレイヤーだったんす」

なにを言っているのかわからなかったが、孔明だけが大きなため息を吐いて、S、詐欺の隠語だ――と説明した。

「その年だと、オレオレか？」

「オレらが関わってたのはもっと組織的なやつで、オレオレとかいう単純なものじゃなかったんすけど。三役系だから、まあ元はそっちの系列ですね」

清春とヒカルはきょとんとしている神威に、説明を始めた。

「オレとヒカルは中学でたあと何年か仕事もなくてぶらぶらしてたんすけど、あるとき地元の先輩のツテでバイトはじめたんす。最初に研修があったんすけど、それが滅茶苦茶で。一日五〇〇軒電話してひたすら墓石売るとか。で、その研修に耐えた精鋭だけが残されて、実はこれから詐欺やるって話されるんす」

ホスト業界とそうした裏稼業はかなり近いところにある。男爵から、BLUE†BLOODの開店当時には筋の悪い金主が何人かいたと聞かされていたが、おそらく、そういう類《たぐい》の人種がひとりくらい混じっていたのだろう。

「そこで最初に番頭格の人が言うんすよ。高齢者詐欺ってのはある意味で仕方ないんだって」

「どういうことだ」

「この国は、金持ちのジジイと貧乏な若者の格差が埋まらない。だからオレらのやることは仕方ないっつー理屈です」

孔明が笑う。

「あーなるほどな。そりゃ説得力がある。この国の高齢者の平均貯蓄額は不動産抜きにして二〇〇〇万円。日本の貯蓄総額の半分以上は六〇歳以上の人間のもので、年金すら使い切れずに貯金残して死んじまう。おまけにジジイどもは自分たちが高度成長期を支えた功労者だと思ってるから、若いやつが貧乏なのは努力が足りないとかトンチンカンなこと言い出す。六〇代周辺が一番の票田だから政治家も機嫌を取るしかない。なんにせよ若いやつが一番ワリを食うってわけだ」

「最初は番頭の言葉をマジで信じてたんです。けど、結局やってることは犯罪で、オレらが金稼いでもなんも変わらなかった。それに、地方の老人の多くは持ち家だけど、家ってのは壊すのにもお金がかかる負の遺産すよ。ジジイだろうが若いやつだろうが、金持ちは金持ち。貧乏人は貧乏人。つうわけで、Sから抜けてホストやってたんですけど。今日、KIDS-FIRE.COMの話を聞いたときにマジでびびったんですよ」

清春とヒカルは顔を合わせてうなずく。

「もしかしたら、これが答えなんじゃないかって」

またもや泣き始めた赤ちゃんを抱きながら、神威はこの二人が残った理由がやっとわかった。彼らなりに未来を真剣に考えていたのだ。

「で、おまえらもしかして前科あったりすんの？」

店員が持ってきたジャンバラヤにタバスコをかけながら、孔明が聞いた。

「それはないっすけど。昔の仲間に顔見られるのはちょっとまずいかもしれないっす。まあ、昔はパンチパーマだったんでバレないと思いますけど。今の名前も源氏名っすから」

「わかった、ヒカルと清春はネットには顔出しなしだ」孔明が、他のメンバーは……と言いかけたのを、清春とヒカルが、そうじゃなくて——と遮る。

「なんだ？」

「顔出しします。オレらも神威店長みたいにまっすぐ生きたいんで。もしばれたら自己責任でいいっすから」

二人の目は鋭く、気迫に満ちあふれ、これまでにないとてつもないモチベーションを感じさせた。それでいて純粋な一途《いちず》さもあり、なんらかの覚悟があることを感じさせる。男爵がテーブルの上で両手を組み、厳かに告げる。

「そう、リスクをとらなくては心は強くならない。計算に合わなくとも、魂の輝きがその方向を目指せというなら従うべきだ」

「神威、俺には判断できねえけど、それでいいのか」

神威は、もちろんだ、とふたりの肩を叩いて激励する。

ＳＨＯＷＧＯが、手を挙げて言った。

「前カノとのキスプリとか……」

「その程度ならほっとけ。前カノってのがプーチンだったら外交問題だけどな、むしろ炎上の燃料になっていい。ほどよく燃やせ」

†

身体が気怠い。クーラーの冷気に直接あたっていたせいだろうか。日当たりの悪い店のなかでは、いったいいまが何時くらいなのか知るすべはない。腕時計を見ると、日付は翌日の昼になっていた。

ファミレスから帰ってきたあと、全員でストリーミング放送を行うと、五万を超えるPVを叩き出した。孔明のサービス自体もそうだが、現在登録されている唯一のプロジェクト《レジェンド・オブ・赤ちゃんプロジェクト》を発表した初日としては悪くない。そのぶんネットでの炎上も激しかったが、おかげで知名度は一気に上がった。

「起きてたのか孔明」

孔明は酒と香水の臭いで醸成された店内の空気をかきまぜるように、シャツの胸をはだけて団扇《うちわ》で顔を扇ぎながら、エナジードリンクの空き缶を高く積んでいた。

「仕事が山ほどあるからな。寝てるヒマなんかねえよ」

孔明の横には赤ちゃんがすやすや眠っている。

「あやしてくれたのか。大変だっただろ。泣き声とか」

「そうか？　べつに耳栓すりゃいいし、こいつらのタスクってメシ、フロ、シモ、抱っこ、寝る、このくらいだろ。簡単なゲームじゃねえか。変な感情絡めるから面倒なんだよ」

目的のためには感情を排し、まるでゲームをこなすように淡々と余裕を見せながらやるべきことをこなしていく孔明の姿はまさにデジタルの申し子だった。

「他人だから言えることだ」

「そうは思わねえけどな。しかし、俺が子供抱くことがあるとはなあ」

「その気になればいくらでも相手はいるだろ」

「いや、まあ、性的指向の問題だよ。言ってなかったか？　俺ゲイなんだ。店やめたあと男とやってみたらしっくり来ちまったんだよ」

楽しそうな顔でそう口にする孔明につられて神威も笑ってしまった。

「するほう？　されるほう？」

「秘密だ」

「その……女とうまくやれなかったからゲイになったのか」

「なにかを誤魔化すためにゲイになったたって？　へえ、じゃあおまえがヘテロなのもなにかを誤魔化すためなのか？」

孔明は胸ポケットからサンテＦＸを取りだして、点眼し、きたーと短くつぶやいた。

「ごめん……今のはちょっと無神経だったよ」

「まあいいさ。赤ちゃんかあ。俺たちの場合はセックスしても子供ができねえんだよなぁ。どんなに愛があっても」

「家族をつくりたいなら養子って手もあるんじゃないか？」

「いや、誤解するなよ。子供がほしいわけじゃないんだ。なんつーかさ。愛が証明されないことの不満っていうかな、いやちがうな……なんかムカつくんだよなぁ」と考え込み、「増えればいいってもんじゃないだろ」と呟いた。

「子孫を作るってのはさ、種の生存に貢献してますよっていう最強の証明書なんだよ。けれど俺たちにはそれは手に入らない。だから世間からは非生産的で背徳的だとか言われるんだよ、そういうのってマジでアホらしいじゃん？　生物の基本原則は種の繁栄じゃなく、生き残るための多様性の確保だ。俺ら同性愛者はそれに貢献してるわけで、超立派じゃね？」

そうだな、とつぶやく神威は、孔明の言ったことの意味を良く理解していた。なぜなら自分もまた同じことを考えていたからだ。

「子孫を残すことはいいことだっていう原則は、もう終わってるよ。いろんな育て方を考えるべきだ」

神威には母親がいない。

記憶にも残っていない。

大人になってから父親に聞いた話では、二三歳で神威を生んだらしい。父がちょうど三〇歳のときに、たまたま呼んだデリヘルの女が母で、二人とも酒に酔って避妊を忘れ、生まれたのが神威だ。父は潔く認知し、神威を自分の戸籍に入れた。そのあとすぐに母は失踪《しっそう》した。父は母を愛していなかった。そもそも神威のことだって自分の子供かわからないと思っている。自分でそう言っていたのだから間違いない。だが、神威を育てた。無関心なのか、ボケてるのか、お人好しか、いまだに良くわからない。

「とはいえ、複雑だよ。俺、社会との接点がない時代が長かったからさ。どっかでまだ、コンプレックスがあるらしいんだよな。社会に所属したい、認められたいって」

「意外だよ。孔明はそういうのが大嫌いだと思ってたから。社会とか常識とか」

「もちろん大嫌いだけどな。こういう仕事してると思い知らされるっつーかさ。世間とか空気とかそういう、見えない敵を倒すことほど難しい」

給湯室で顔を洗ってみんなが起きてくる前に、スマートフォンで店のメールをチェックした瞬間、その未読メールの数に目を疑った。

三〇〇件ほどたまっていた。

開いて見てみると、ほとんどが件名も中身もないもので、あとは知らないやつからの中傷や、共感。仕事柄こうした中傷には慣れている神威はさくさくと削除しながら、何件かのメールに手を止めた。

「孔明。俺たちにメディアからの出演依頼がきてるんだけど、これ本物だと思う？」

「きたか！　どれどれ」

孔明にメールを見せると、嬉しそうな顔をした。

「荻窪《おぎくぼ》リキのミッション22か！　一番尖ってるところ引いてきたな。悪くない。このテレビ番組はかなりいいぞ」

荻窪リキの名前は神威も知っていた。

三〇代の若手論客と呼ばれる知識人のなかで、最も知名度がある。社会問題や政治経済、ネットやサブカルチャーまで、話題は幅広く、その真面目すぎるほど真面目な態度と、なによりも、全てをポジティヴな方向で考えていこうとする態度が自分と似ていると思っていた。

「しかもこれ、明日だな。テレビにしちゃ早い。明日のゲストが来られなくなったとかで、慌てて依頼してきたってところか」

「本物か？」

「こんな微妙な嘘、ついてもしょうがないだろ。他にも来てないか？」

「あとは新街俊憲《しんまちとしのり》のニホンのジレンマ、涼見剣介《すずみけんすけ》の進化系トークラジオLive……それと、オールナイト生テレビ、NHKクローズアップ近代」

「全部OKだ。どんどん出ちゃえよ。おいみんな起きてくれ」

孔明はソファで眠っている清春たちの尻を叩いて起こす。

「テレビ出るぞ。マスに向けて宣伝するチャンス到来だ」

清春とヒカルは、

「もちろんオレらもですよね」

とテーブルに身を乗り出して、ミーハーぶりを余すことなく発揮する。

「当然全員出演だ。基本的には神威と俺が受け答えするが、もし絡まれたら下手に理論武装するな。とにかく愛があることをアピールしろ、他のメンバーは赤ちゃんかわいいの一点突破だ」

ＳＨＯＷＧＯと男爵がまだ半分眠っている顔で孔明に言った。

「ＳＨＯＷとしてはなかなかですね……」

「全員出ることに意味があるのか？」

「ビジュアル的に面白い」

反論の余地がない完璧に正しい答えだった。

†

翌日の夜七時、局が手配した二台のタクシーに乗った神威たちは、新宿から外堀通りを通って、赤坂にあるスタジオの地下駐車場に到着すると、受付で入館証をもらってエレベーターホールに入った。

黒縁のセルフレーム眼鏡をかけたプロデューサーに出迎えられ、控え室に案内される。

神威が部屋に入ろうとすると、隣室のドアが開き、派手な恰好で髪を巻いた水商売風の女が出てきた。黒いキャップを深くかぶっていたので顔は見えなかったが、こちらを見ると慌てて部屋に戻ったように見えた。

「中へどうぞ」

プロデューサーにうながされて、神威たちは中へ入る。

「急な出演依頼で申し訳ありませんでした。プロデューサーの加瀬川《かせがわ》です」

見た目は若いが四〇代くらいだろうか。今回の騒動では、感情面だけで反応している人々が目につく、その理由を掘り下げたいという番組の趣旨を説明する彼の言葉は淡々としていて、信頼がおけた。

夜の生放送ということで、渡された台本は進行以外はほとんどがアドリブだった。丸投げとは信頼の裏返し――神威はそう自分を納得させた。ヘアメイクと衣裳が必要ならと言われたが、むろん夜の世界で美しさを武器に生きぬくホストには無用の申し出だ。神威にしてみれば、むしろ出演者のファッションとメイクを担当することを提案したいくらいだった。

スタジオは思ったより少人数でこぢんまりしていた。

月曜から金曜まで毎日放送される帯番組で、深夜の時間帯ならではの低予算、ゲリラ的な内容だとは聞かされていたが、カメラマンとADが数人、全部で一〇人もいない。

気持ちテンションが下がるが、贅沢は言うまい——神威は観察をつづける。スタジオの脇にあるサブセットに座ると、右側に小さな幕の掛かったブースがひとつ設置されている。なにも説明されていないが、中に誰かが入っているのだろうか。

そうこうするうち、中央のメインセットでミッション22のオンエアが開始された。

初めて生で見る荻窪リキは、神威たちと変わらない年齢——あるいは年下と言われても違和感がないような幼さを残す青年だった。

アラン ミクリの黒縁眼鏡にコム デ ギャルソンのジャケット、タイトなサイズのダメージ加工ジーンズ。神威がイメージする、過去の知識人や文化人とは違う新しい風を感じた。相槌《あいづち》に無駄な動きが少なく、極端にまばたきをしない。人の話にそっと耳を傾ける森の賢者のようなその落ち着いた態度には、人を信頼させる誠実さがある。

前半はヘッドライン、アシスタントの女性による今日のニュースの総まとめと荻窪リキのコメント。それが終わると、今日のメイン企画である神威たちへのインタビューと討論が始まった。

「さて、本日はバトルモードとして、今世間を騒がせているソーシャル子育てというテーマについて考えてみようと思います。スタジオにはKIDS-FIRE.COM代表の三國孔明さんと、クラブBLUE†BLOODの皆さんをお招きしています」

カメラは巨大な眼球を持ったモンスターのように、暴力的に真正面から神威の姿をとらえたが、鍛え抜かれた目力でそれを睨み返す。女性アシスタントが簡単に概要と論点を説明する。

「一昨日、インターネットにKIDS-FIRE.COMという名前の新しいサービスが開設されました。このサイトは経済的に苦しい立場の子供たちを救済するために、一般の人々からの寄付をつのる『ソーシャル子育て』という仕組みを提唱したものです」

ソーシャル子育てというのは神威たちのコンセプトであって造語だ。

ピンと来ない視聴者のためにアシスタントがフリップボードを使って丁寧に説明をする。ソーシャルメディアのように、不特定多数の人々がお金を出し合って子育てをする、というシンプルな図と解説。

「サービスの運営は三國孔明さんの会社、ナインライブスと、白鳥神威さんのホストクラブBLUE†BLOODが共同で行っています。なぜネット上で現在このサービスが問題になっているのかというと、一番最初に投稿・公開された《レジェンド・オブ・赤ちゃんプロジェクト》というものに原因があるようなんですね。神威さん。このプロジェクトの説明を」

歌舞伎町ホストクラブBLUE†BLOODの代表、白鳥神威です、と軽く挨拶をして本題に入る。

「《レジェンド・オブ・赤ちゃんプロジェクト》は僕の子供を支援してもらうためのプロジェクトです。KIDS-FIRE.COMはそのために僕が、友人である三國さんにお願いして作ってもらったサイトです。赤ちゃんは、この店の所属キャストでもあるわけですが、ホストであるからには月に何本稼げるのかで格が決まります。だから彼――この赤ちゃんにも〇歳のホストとして指名を取ってもらおうと、そういうわけです」

「そういうわけ、というところが飛躍していてよくわからないのですが……後ほど聞いていくことにしましょう。さて、このサービスを開発したナインライブス代表の三國孔明さん」

孔明が軽く会釈をする。

「神威さんからの提案ということですが、なぜその提案を受け入れたのでしょう？」

「友人としてなにか支援がしたいということがまずありましたが、それよりも彼のアイデアに可能性を感じたことが一番の理由です」

淀《よど》みない孔明の物言い。社会に揉《も》まれているだけある。荻窪が、「このサービス擁護派の人々からは、高齢者と若者の格差を是正し、再配分を促す革命だという声もありますね。社会的な意義を感じたということでしょうか」とたずねる。

「そうとらえていただいて結構です。ソーシャル子育て、というサービスのアイデアはもともと白鳥さんのものですが、なにか問題があった場合の責任はすべて弊社にあります。このサービスは他のクラウドファンディングとは違って、手数料をほとんどいただいておりません。成立したプロジェクト総額の一％という少額を設定しており、弊社としてはまったく利益がありません」

そうですか、と荻窪は眼鏡をかけ直すと、神威のほうを睨んだ。

荻窪リキはその風貌からリベラルで優等生タイプの論客だと思われているが、人間観察レベルが極まった神威にはわかる。

彼はただの優等生ではない。

どこかはみ出している部分がある。邪悪な方向ではなく、善の方向に。弱者に対する過剰な思い入れ、誰かを傷つける無神経さへの飽くなき批判。当然その矛先は今、神威たちに向けられるはずだ。

「三國さんのその使命感は素晴らしいと思うんですね。しかし、ここまで賛否というか、反感があるのは神威さんのプロジェクトが投稿されたためだと思うんです。ホストクラブはお酒を飲む場で、そこで働くことは未成年の労働にあたるのではないかという点。さらにホストクラブはお酒や煙草がつきものです、赤ちゃんには悪影響があるのではないでしょうか」

すかさず男爵が口を挟む。

「すいません。クラブBLUE†BLOOD元オーナーの男爵です」

カメラがヴァンパイアスタイルの男爵を映し出す。

「私の実家は千葉の銚子にあるスナックです。子供の頃からそこで育ちました。母は小さい私を背負って毎日そのスナックのママとして働いていました。こうした環境は、確かに赤ちゃんを育てるのに望ましいとは思いません。だけど、それ以外にどうすれば良かったんでしょうか」

男爵は貧困層ほどそういう環境で子育てをせざるを得ないのだと訴える――ナイスフォローだった。夜の世界のヘルプで鍛えられた連携プレイの本領発揮である。弱者に対するケアを重視する荻窪に対して、このエピソードはちょっとした牽制《けんせい》になるはずだ。

神威は男爵のあとに続ける。

「信頼していただきたいのですが、うちでは未成年をやとっていますが、お酒を飲ませていません。これは徹底していますし、僕自身も一八歳からの二年間、自分では一滴も酒を飲まずに売り上げをあげると誓いを立て、それを実践しました」

神威は、いかに店の環境をクリーンにしているか、バリアフリーにしているかという説明を続けた。

「赤ちゃんをダシにしてお金を集めているという批判がありますが、これについてはどう説明されますか」

「じゃあ子供タレントはどうなんでしょうか。CMに出ている赤ちゃんは？」

批判をかわそうと論点をぼかしてみるが、それとこの問題を一緒にしてはいけないと思います、という荻窪リキの正論に逃げ場を塞《ふさ》がれる。仕方ない――神威は荒技を使うことに決める――ここは情緒に訴えかけて突破していこう。

「ちなみにこの赤ちゃんは僕の子ですが、まだ名前がありません。というのも、この子はある日帰ると僕の部屋の前にいたからです」

話の流れを完全にぶった切った神威の言葉に、荻窪とスタッフの表情が曇る。

「どういうことなんでしょう。お母様は？」

「わかりません」

観客のいないスタジオが静まりかえる。

「ちょっと待ってください……」荻窪が眼鏡を外してテーブルの上で両手を組む。「これは場合によっては刑事事件の可能性もある重要なポイントです。もう一度お聞きします。この赤ちゃんは、本当にあなたの子供なんでしょうか」

「血のつながりや母親のことはわかりません。でも、僕は彼を自分の子供として認めることにしました」

「出生届や戸籍はどうなってます？」

「わかりません。手がかりになるものは母子手帳と、僕宛ての書き置きだけです。子供を托《たく》した女性に悪意があったとは思っていません。むしろ、本当に困っていたのだと思います。どうしようもなくなって、僕を頼るしかなかった。だから僕はその信頼に応えたい。ホストというのはそういう覚悟を伴う仕事だと思っているからです」

黙って神威の決意表明を聞いていた女性アシスタントが「すいません荻窪さん。私よくわからないんですけど……母子手帳というのは出生届とは別なんですか？」と、疑問をぶつける。

「母子手帳は妊婦さんに渡されるもので、生まれたあとに役所に出す出生届とは違うんです。確かに手帳だけでは赤ちゃんの出自を辿《たど》ることはできないかも知れませんが……とにかくまずは警察と児童相談所に行くべきでしょう」

神威が納得のいかない顔をしていると、荻窪は真剣な顔で続けた。

「大丈夫です。神威さんがお子さんを育てていることはここで公になっていますし、そもそも本当のお子さんである可能性も高いわけですから。パートナーが必要ですが、特別養子縁組制度が適用される可能性もあります。おそらく施設には行きません。戸籍の件は、自治体と話しあえば発行できると思います。もしあなたが父であると認められれば、子供は日本国籍になるはずです」

「そうじゃないんです。たしかに、それで僕の問題は解決するかも知れません。でも……僕らは日本じゅうの子育てに苦しむ人を助けたいんです」

深刻な空気の中、我に返った孔明が、

「そうです……生まれや戸籍ではありません。前向きに考えるべきは、育て方です。その結論のひとつがソーシャル子育てという方法論なんです」と締める。

衝撃的な告白に論点がズレました……話を戻しましょう、と荻窪が咳払いをはさんで、神威の右隣に設置されている、幕が掛かったブースに視線をやる。

「ちょっと別の視点からの意見も聞いてみましょう。実は本日、一般公募で、今回の問題について話したいという女性がいらしています」

初耳だった。孔明と目があったが、その目にも戸惑いが浮かんでいる。危険な予感がした。

「プライバシーに配慮してブースに入っていただいております」

アシスタント女性が、仮名A子さんの略歴を読み上げる。二七歳、三歳の子供を持つシングルマザーで、仕事はフリーランス。年収は非公開。埼玉の実家と東京を往復している。

荻窪が、A子さん、と呼びかけると彼女は「はい、聞こえてます」とフィルターがかけられた甲高い声で答えた。

「A子さんは、子育てをするシングルマザーとしての立場からどう思われますか？自分もこのサービスを使ってみたいと思いますか」

荻窪が問う言葉にかぶせるように、A子は、「無理」とぶっきらぼうに言った。

「こんなのに登録するのプライド捨てないと無理。生活保護受けるより勇気いるし。他人の寄付で育てるなんておかしいし」

スタジオが静まりかえった。

「コレ作った人、なんにもわかってない気がする。こんなのに登録したら母親失格だと思われるに決まってるし」

　ここで引き下がるわけにはいかない――神威は反論する。

「だからそういう空気をなんとかするためにも、もっと普通の人たちにこのサイトの有用性を知ってもらいたいんです」

「自分の子供がさらし者になるような場所に登録できるわけないし。寄付だったらアフリカの子供にするし。私たちがどんな気持ちで子供を育ててるかなんて……あなたたちはホストだから、男だからわからないんだよ。乳首嚙《か》まれて血が出たり、眠くて眠くて死にそうなのに眠ったら子供がどっかにいっちゃいそうで頭がおかしくなるまで起きてたり、夜中に泣き続ける子供を叩きたくなって、そんな気分になった自分が最低に思えて、そんなふうに思わせる子供がまた憎くて……」

　わかる。

　短期間とはいえ、子育ての苦難を味わった神威は彼女の言っていることに共感できる。でもそれを言ったところで理解されはしないだろう。

「私たち母親がどんな苦しい気持ちで、逃げ場もなくして子供と一緒にいるか……わかってない。仕事も育児も女も全部要求されて……無理に決まってるじゃん！」

　荻窪リキが間にはいって彼女の言葉をうまく整理するが、もうその声は神威には聞こえていない。

「私たち？　それはあなた一人の問題でしょう」

男爵がタキシードの裾《すそ》をひるがえして立ち上がった。

「さっきから子供の文句ばかりじゃないですか。少なくとも私は神威が赤ちゃんに関して文句を言ったのを聞いたことがありません。あなたの母親としてのその態度はどうなんですか」

厳しい……そのうえ問題を理解していない男そのものの発言だった。

あまりに強い言葉に心が折れたのか、中から小さい泣き声がもれ聞こえてくる。神威をフォローしたつもりだったのかもしれないが、逆効果だった。完全に視聴者を敵に回してしまった。さらに荻窪リキが追い打ちを掛けるように言う。

「正直に言うと、僕も子供を持つ親としてこのサービスを使う気にはなれないんです。このサービスが始まってからまだ三日目ですが、神威さん以外、このサイトに登録してプロジェクトを立ち上げてる方はおられませんよね。どうでしょう」

確かに、そうなのだ。

神威たちがこれほどネットを炎上させて認知度をあげているというのに、寄付者はおろか、他に同じようなプロジェクトを登録する人間はまだひとりもいない。

「それは――」と、神威が口を開くまえに、

「それはちがいます」

と隣の孔明がきっぱりと言い放った。

「ちがう、とは？」

「荻窪さんは途上国の恵まれない子に寄付をする、というようなことをされていますよね。A子さんもコンビニなんかで寄付をしたことがあるんじゃないでしょうか」

論点がすり替わらぬよう慎重な目つきで荻窪は、はい、と答えA子も消極的に、まあ、と言った。孔明は最近話題になっているフランスの経済学者の名前を出して、格差について論じる。富の再分配がされないことの問題。少子高齢化と経済。さらに続ける。

「実はこんなプロジェクトが投稿されています」

孔明がなにをやろうとしているのか、打ち合わせにない動きに神威は戸惑う。

「見てください」

そう言ってスマートフォンの画面を指さす。スタッフが慌てて画面をテレビモニタに出力すると、そこには神威も知らない新しいプロジェクトが投稿されていた。プロジェクトタイトルは「ソマリア、ンバギ・ドゥルーちゃん支援のお願い」。

内容や支援の説明は、たどたどしい日本語で、あきらかに機械翻訳したものだと知れる。

「ソマリアからの投稿です」

男爵や清春が顔を見合わせている。神威ももちろん初耳だった。眼が合った孔明は無言で「行け！」と合図していた。なるほど——そういうことか……完璧に孔明の意図が理解できた。仕込みだとしたらかなり危険だが、これは使える。

神威はここぞとばかりに落ち着いた声で「みなさん」と、カメラに語りかける。

「アフリカの子はただ貧しい国に生まれたというだけでハンデを背負っています。しかし、それは我々の国でも同じです。アフリカの恵まれない子供たちへの寄付が認められているのになぜ自分たちの国の子供への寄付がだめなんでしょうか？」

強引な論理だったが、押し通す。

「これは特に高齢者の方にきいていただきたいんです。現在この国には様々な格差があります。若者が生きづらい社会になってきている。だから高齢者の方は、これから生まれてくる子供たちにすこしでもいいので、手を差し伸べてあげてくれませんか。私ではなく、この赤ちゃんを助けるために」

そう言うと、神威は赤ちゃんを抱いてカメラの前に立った。

「他国の子供への援助が悪いとは言いません。でも、考えてみてください。あなたの隣の子供はもしかしたら同じように、いや、それ以上に不幸な子かも知れないんですよ。愛などといった曖昧《あいまい》な言葉ではなく、お金で救われる子はいるんです」

論理的だが熱を帯びた口調にスタジオが静まりかえる。

「しかし……ですよ。その理屈でいくと先々、このサイトは不幸の見本市になりませんか」

荻窪リキのコメントに対して、孔明が「ええ」と身を乗り出した。

「このサイトは事例は違えど、ブライアン・マラニーがはじめたアメリカの慈善団体、スマイル・トレインの例を参考にしています」

荻窪リキの眉がピクリ、と反応した。「ご存じですよね」と孔明がコメントを譲ると、はい、と彼は話を受けた。

「スマイル・トレインは貧困国の子供に無料で形成手術をする慈善団体です。先進国では口唇口蓋裂などの先天的な症例は生まれてすぐに治療されますが、貧困国ではそうはいかない。子供の成長に深刻な影を落とす症例を無料で治療するこの団体は歓迎されています」

「その通りです。だけど、私にとって重要なのはスマイル・トレインの作った枠組みです。人はなぜ慈善団体に寄付するんでしょう。他人を助けたいから？　あるいは自己満足？　三つめの要素があります。社会的圧力を感じて渋々寄付するというものです。スマイル・トレインはそこに目を付けた」

アシスタントが眉をひそめて、

「どういうことでしょうか？」

と孔明にたずねるが、荻窪リキがかわりに答える。

「スマイル・トレインのサイトでは口唇口蓋裂手術が必要な子供たちの写真をのせているんです。つまり、社会的圧力を前面に押し出している」

「そう。あなたが寄付すれば助けられるかも知れませんよ、ってね。それだけじゃない。ここがポイントですが、彼らの団体は『寄付してくれたらこれっきり寄付を頼んだりしませんよ』ってことも付け加えた。これは新しかった」

孔明が具体的なファクトと数字をもとに、自らの主張の信憑性《しんぴょうせい》を高める。

「結果的に初めて寄付するひとの数が二倍。しかも従来の寄付額である平均五〇$に対して五六$。全体の寄付は四六％増えたというデータがあります。ここで重要なのは、金銭的な枠組みを、協調的枠組みに変えたという点です。我々は共通の悩みを持っている、その解決にちょっと協力してくれませんか？　ってね」

「それを目指しているというんですか」

「そうです。私たちのサイトも明確な協調的枠組みによって運営されるべきだと思っています」

神威は手のひらの汗をにぎりしめ、孔明の行っている問題のすり替えが成功することを祈る。スマイル・トレインとKIDS-FIRE.COMのやっていることはまったく違う。これは単純に似たものを並べて片方の権威でもう一方を正当化しているにすぎない。アンフェアとまでは言えないにしろ突っ込まれるとボロが出かねない。

孔明の視線に気付き、荻窪リキの反論を待たず、すかさず神威がコメントする。

「みなさん。今の話の通り、協調的枠組みをつくるためには、みなさんの支援が必要です。どうかぜひサイトに登録して支援者になってください。よろしくお願いします」

そう言って赤ちゃんを抱いたまま頭を下げる。

完全に空気をつかんだ。

ここでCM、一〇秒前。

勝利を確信したそのとき、神威の腕が震えた。

なんだ……どうしたんだ？

なにが起きているのかわからないまま視線を下げると、腕の中の赤ん坊が白目を剝《む》いてバタバタと虫のように痙攣《けいれん》していた。

切れ！　CM！　と叫ぶディレクター。戸惑うカメラマン。アシスタントの顔がひきつっている。スタジオが騒然とするなか、ブースからA子が「どいて」と飛び出し、赤ん坊を奪って床にひざまずく。

神威がなにもできず大きく口を開けたまま立っていると、

「熱性痙攣だから。よくあることだし。すぐに救急車呼んで」

叱責するように瀬理奈が言った。

搬送された病院での診断結果はやはり熱性痙攣。赤ちゃんにはよくあることらしく、大事には至らなかった。神威が赤ちゃんを抱いて診察室から出てくると、病院のロビーに瀬理奈の冷たい声が響いた。

「あんたたちホンットに自分のことしか考えてないね。何様のつもり？」

「俺様だよ」

孔明が胸ぐらをつかまれていた。

「子供のために寄付？　なんなのそれ、ハァ？　子供のために働くのが親の務めでしよ」

神威は子供を抱えてふたりのあいだに入ると、言った。

「瀬理奈さん。そういう構造を俺たちは変えたいんですよ。誰もが子供のために生きられるわけじゃないんです」

「でも子供って愛の結晶でしょ！　愛し合ってたときの思い出だけで頑張れるじゃん！」

瀬理奈の言葉に神威の呼吸が浅くなった。なにか得体の知れないもやもやが鳩尾に集まるが、それが一体なんなのかが言葉にできない。

「ちがう」

神威は自分でも驚くほど冷たい声で、明確に瀬理奈の言葉を否定した。

「少なくとも、俺は違う。うちの母親は売春婦だった、愛のない排泄行為みたいなセックスで生まれた肉のかたまりが俺なんです」

絶句する瀬理奈に神威は、「愛ってなんですか」とたずねる。

「それは……相手のために自分を犠牲にすること……？」

神威は、自分が感じている生理的現象がなんなのか、はっきりとわかった。

吐き気だ。

「ちがいます。瀬理奈さんは本当はちがうことを考えてる。愛なんて、本当は言葉にできないことで、だけどたしかに自分だけはそれを知っていると思っている。実感している。愛は心で感じるものだってね。そうでしょ？　でも残念、それは勘違いです」

神威の言葉は、有毒性の水銀のように溢れ出して止まらなかった。

「あなたはなにもわかってない。あなただけじゃない、世の中のほとんどの人が愛って言葉で誤魔化してる。それはただの性欲です」

瀬理奈の頰の中心が熱した鉄のように赤くなった。

「子供が愛の結晶って言いましたよね。それがなにを意味しているかわかってますか？　自分の性欲を他人に押しつけて正当化してるんですよ。とんでもなく身勝手な行為です」

「やめろ神威。言い過ぎだぞ」

男爵が、神威と孔明を近くのソファに座らせ、瀬理奈に言った。

「瀬理奈、君は子供が愛の結晶だと口にした。しかし、それは、愛のない家庭に生まれた人間にとっては、自分の存在を否定されるような暴力的な言葉だ」

空気を読まない男爵の発言だが、今回ばかりはその通りだった。

神威は昔から、誰かが愛という言葉を口にする度に、そいつのことをめちゃくちゃに罵倒《ばとう》してやりたくなった。この仕事をしているときにもその耐え難い衝動に何度も襲われた。それをなんとか心の奥にしまいこんで、なるべく見ないようにしてきた。

「どうしてそんな歪《ゆが》んだ見方しかできないの？」

歪んだ見方――そうかも知れない。いや――そうなのだろう。

神威は気がついていた。愛という言葉を耳にするたびに自分の心がざわざわと揺れることに。愛を中心にして動くこの世界を憎んでいることに。それでも、目の前の赤ん坊をなんとかしたいという気持ちは本物だった。

「だって……」

しかし瀬理奈もそれでは収まらない。

「そんなのおかしいし。神威の言ってること、世間にどう説明するの？」

瀬理奈の言葉を聞いた孔明が苛《いら》ついたように返す。

「あんたさ、なんでそう世間の枠が好きなの？　それだよ、あんたが苦しい理由。世間とかまわりの価値観に合わせようとするからだよ。捨てちゃえよそんなの。なあ神威、おまえもそうだろ」

孔明が神威を振り返った。神威はホストにはあるまじきことに、どういう表情を作ればいいのかわからず俯いた。孔明が拗《す》ねた子供のようにぼそりと言う。

「愛情なんてわけわかんないもんに囚われてるから、愛せないとか妙な悩みにハマるんだよ」

「子供は親が育てなきゃいけないのよ！　母親が一人でがんばらないといけないの！」

「だからそれもうやめれば？　がんばんなくていいよ」

「あたしががんばんないと、どうにもなんないし！」

神威には瀬理奈のことが痛いほどわかる。そして、必要なのはなぐさめの言葉ではないことも、痛いほどわかっていた。

†

病院の夜間出口を出ると、テレビ局が用意してくれた帰りのタクシーが待っていた。自宅が遠いＳＨＯＷＧＯの車を先に出すと、直後、一台のパトカーが近づき、中からサラリーマンにしか見えないスーツ姿の刑事が二人下りてきた。

「すいません、そこの二人に話がありまして」

そう言うと、清春とヒカルに近づく。

「なんですか」

前に立ちはだかる神威に刑事は困ったように顔を見合わせて、

「ご本人以外には……」と守秘義務を匂わせた。清春とヒカルが「いいすよ。なんすか？」と同意すると、渋々といった顔で「まあ、ちょっと通報がありまして、ある事件について話を聞くだけですから、どうぞ」とパトカーのほうへ身体を向けた。

清春とヒカルは、しょうがないっすね、とあらかじめ知っていたように神威に頭を下げると、大人しくパトカーに乗り込もうとして振り返り、満足したような顔で神威に一言、ウェーイ！　と叫んだ。

パトカーが去ると、男爵がうなだれた瀬理奈の肩を抱きながら出てきた。瀬理奈は不信感を露《あら》わにして男爵から顔を背けていたが、「結婚しよう」という言葉に目を見開いた。

本気？　きょとんとした顔の瀬理奈をよそに、男爵は神威に言った。

「というわけだ。そうと決まれば明日から新婚旅行だな。しばらくおまえの活躍を遠くから見守らせてもらおう」

結婚は解決にならない。

それは目先の変化にすぎない。神威は、幸せそうな顔をしている瀬理奈と男爵にむかってそれを口にすることはできず、ただ去っていく後ろ姿を見送りながら祈りを捧げる。だが、男爵なら、うまく切り抜けるかも知れない。

二人きりになった帰りのタクシーの中で、膝に載せたタブレットを見ながら孔明が言った。

「成功だな。検索ワードトップ、急上昇ワードにKIDS-FIRE.COM、アクセス数も登録者数もうなぎ登りだ」

「聞きたいんだけど、あのソマリアのプロジェクトは、仕込みか？」

「驚いたことに仕込みじゃねえ。ガチだ」

孔明は「見ろよ、もう他にもこんなに登録されてる」と、表彰状を見せる小学生のように無邪気な笑顔でタブレットの画面を神威のほうに向けた。KIDS-FIRE.COMに投稿されたプロジェクトのサムネイル画像が、アルバム写真のように無数に表示されていた。

「日本はもちろん、ソマリアに続いて、ホンジュラス、ベトナム、インドからの投稿もある」

神威がインドから投稿されたプロジェクトをクリックすると、右手の肘《ひじ》から先と左足の膝から下が欠損した小学生くらいの子供が立って、こちらをじっと見ている写真が表示された。概要は機械翻訳されているようで、かなり文章がわかりづらい。

「なにかの病気なのか、この子」

「いや。ちがうだろう。それなら診断書やら正式な書類を掲載するはずだ。よく見ろよ、その子、手足の傷口が綺麗だろ。たぶん元は健康な子供だったけど、親が切り落としたんだ」

「親が……？」

「ひどいと思うか。でも、それで同情が買えれば子供は一生食べていけるんだ」

支援金額を見ると、すでに日本円で六桁を超える金額を集めていた。コメントの多くは、老人のものらしく、痛々しさに耐えかねて高額の寄付をしているようだった。インドなら軽く一年暮らせる額だった。

「これが社会的圧力のパワーってやつだ」

神威はタブレットで他のプロジェクトも眺めてみた。

病気の子供。障害者。地雷に両足を奪われた子供。事故で顔が歪んだ子供。見ているだけで、自分が不幸な子供すべてを見殺しにしているような気分になる。神威は、荻窪リキが危惧《きぐ》していた言葉の意味を初めて理解した。そして彼の弱者への想像力に尊敬の念すら抱いた。

「今はただの不幸の見本市だが、これからこのサイトが日本を変えていくだろう」

孔明の目は、まるで社会的使命に燃える革命家のように輝いていた。タクシーが皇居にさしかかると、神威はぼんやりとした目で外を見る。深い堀の底に溜まった真っ黒な水が、輝きながらゆれている。

「ああ、そうそう。さっき、番組を見た企業から直接コンタクトがあった」

「企業？　どこ？」

「株式会社サンミー」

孔明が口にしたのは新興の回転寿司チェーンだった。

昨今のブラック企業問題で槍玉にあがっていた企業。

しかも叩かれているのに改善するでもなくどんどん店舗を増やし続け、挙げ句の果てに社長は政界にも進出した。だが、神威はその会社に対して悪い印象を持っていない。

ホストの世界は世間から見れば、ブラック企業どころかブラックホールなみに底が抜けている。それに比べたらどうということはない。

「面白い提案してきたぜ。支援するかわりに、チェーン展開している店の名前を赤ちゃんにつけるのはどうかだとさ。ちなみに店の名前は『和祝《わいわい》』だ」

なるほど、と神威は感心する。F1やラリーで車が協賛企業のステッカーを貼ったりペイントしているのと同じ発想だ。子供の名前は、宣伝広告としてはかなりのインパクトがあるだろう。

「将来の就職のことを考えると悪くないのかもしれない」

「だな。最近じゃ就活に失敗して自殺するやつもいるらしいからな。こいつらが大人になる頃にはもっと酷《ひど》くなってるぜ」

「スポンサーになって名前までつけておいて就職の面倒を見なかったら、そのときはそれはそれでニュースになるしね」

神威はそう口にしてから、自分の考えが手足を切り落とす親とそう変わらないのかも知れないと思う。

「どうした。さっきのこと、まだ気にしてんのか」

そういうわけじゃない、と言おうとしてやめた。

たぶん、そうなのだ。

「愛なしで子供を育てることができたら、それは世間でいう薄っぺらな愛情より素晴らしいものになるのかな」

孔明は目を擦《こす》りながら言った。

「それはたぶん愛と見分けがつかない」

目の前で不幸が更新されていく。

そこにあるのは残酷な、子供たちの姿だった。

神威が目を閉じて眠ろうとしたそのとき、孔明が自分のスマートフォンを見て言った。

「あ、残念。企業が買う前に、命名プランに入札ありだ」

孔明のタブレットでサイトを見せてもらうと、プランのチェックボックスにチェックが入り「済み」になっていた。

そこに表示された入札者の名前を見て、神威は自分の目を疑った。

鍛え上げられたホスト能力を駆使してその意味を読み取ろうとしてみるが、複雑で解答が見えない。もしかすると逆にシンプルな理由なのかも知れない。いずれにせよ不可解だった。

意を決して、答えを知るために胸元のスマートフォンを取りだし、彼女に電話をかけた。

「もしもし」

『神威？』

「ありがとうございます。どうして……」

『気まぐれよ』

千草は電話のむこうで軽く笑った。

『私、能力も教養もないのに、子供がいるっていうだけで根拠のない自信を持ってる女が大嫌いなの。そういう女たちへの復讐かしら』

ブラックジョークにしてはきついですね、と神威は返すが、笑いは返ってこない。

『女の幸せが子供を産むことだなんて旧弊な価値観にはほんとうにうんざりよ。でもね、その価値観を完全に否定できない自分がいるのも事実なのよ』

神威には、彼女の言っていることのすべてはわからない。だけどなにか、とても大切なことを言おうとしていることはわかる。

『私が美容の仕事をしているのは、美しさの価値観の枠組みを変えたいからよ。男の与える価値観なんてつまらないじゃない』

自分以外の価値観に縛られることの苦しさ——千草の戦っている相手と自分が戦っている相手は、姿は違っても同じ敵だ。

『あなたの作る新しい価値観に期待してるわ。これが、あなたに送る最後の応援よ。じゃあね』

「待ってください。子供の名前は」

『そうね、あなたの源氏名、神威、でどうかしら。そろそろあなたも、本当の名前に戻るときでしょ。親として』

親として。

神威には実感がわかない言葉だった。それに、

「すいません、白鳥神威って俺の本名なんです」

『あら。前に聞いた話、本当だったのね。じゃあ、歌に夢に神威の威で。その子が大きくなったら、恋人になれるように私も女を磨《みが》いておくわ』

じゃあね、と電話は切れた。


気が付くと車は見たことのない道にいた。

裏道です、と運転手が言う。

両脇に木が生い茂った暗い森の小路のような路地を抜ける。効きすぎたクーラーのせいか胸に抱いた赤ちゃんが小さく身を捩《よじ》ってむずかる。

隣を見ると孔明は口を開けたまま眠っていた。

すこしだけ窓をあけてみる。

風の音と、アスファルトをなでるタイヤが立てる、くぐもったホワイトノイズを聴きながら、窓の外に右手を少し出す。

生あたたかい夜の風を手で掬《すく》ったそのとき、暗闇の中でなにか古い記憶にふれた気がした。

神威は、身体を包み込もうとする心地よい微睡《まどろ》みに囚われないよう、闇の向こうに光るネオンを見つめ続けた。

キャッチャー・イン・ザ・トゥルース

二〇二一年

1

もし、君が彼のことを知りたいならいくらでも調べればいい。

でも、君は彼のことをすでに知っている。

もしかすると、ぼくよりも。

それは驚くようなことじゃない。

図書館やネットで彼の名前を調べればいくらでも情報が出てくる。その気になれば生まれた時から今までのぜんぶ――動画でも写真でも音声でも、関係者の暴露話でも、無関係な誰かの称賛や嘲笑でも――そこにはなんだってある。

彼には生まれた時からプライバシーがない。

隠したくても隠すことなんてできなかった。彼は生まれた時から見られてきた。倫理と道徳っていうのが、誰かに見られてると思って、自分にきびしくすることだとしたら、彼ほど自分にきびしい人間はいないだろう。だけどぼくはそういうさわがしいデビッド・カッパーフィールドのマジックショーみたいなものには興味がない。ぼくが興味あるのは、誰も見たことがない本当の彼だ。

ぼくは彼のことをよく知っている。生まれてすぐの赤ちゃんのときからいままで、ずっと彼を見てきた。

愛憎と嫉妬のまじった、複雑なまなざしで。

†

駅を出て南の空をあおぐと、曇り空のすきまにうっすらと真昼の白い月が浮かんでいた。そこからゆっくり視線をおろすと、銀色の大きな屋根が見える。

ぼくが向かっているのはそこ。

世界一の大きさを誇る、スタジアム規模のメガ保育園。

ぼくはアイウェアをかけなおし、腕に巻かれた白いスマートバンドを確認する。

二〇二一年三月の今日、ぼくと彼——ＫＪ——は初めて出会う。

道路沿いの歩道を歩くこと五分。敷地の門の前で、ひとりの男がぼくを待っていた。ヒーローがつける変身ベルトのような、ゴツい金色のベルトを腰に巻いた、やけに色っぽい目をした短髪メガネの男は、腕を組んでこっちをじっとにらんでいる。もちろんぼくは彼を見たことがある。テレビやネットで嫌になるほど見た顔だったが、実物を見るのは初めてだ。

「こんにちは。今日はよろしくおねがいします」

ぼくが頭を下げると、男は迷惑と興味の混じった、複雑な顔をして両手をひろげ「歓迎するよ少年。元気か？　体調はどうだ？　別にいますぐ帰ってもいいぞ」と笑った。たぶんそうだろうなとは思っていたけど、アイアンマンのトニー・スタークみたいにわかりやすく嫌なやつだ。

先に言っておくけれど、この男はＫＪじゃない。

背を向けて歩きはじめた男の後ろについていくと、すぐに保育園のエントランスだ。男は背を向けたまま「そこのスリッパはいてついてこい」と投げやりに言う。

下駄箱に靴をいれて黄色いウレタンのスリッパにはきかえ、男にうながされて建物の廊下をつっきって中庭に出ると、ローマのコロッセウムを思わせる、すり鉢状の丸い中庭がひろがっていた。緑の芝生が敷かれた庭のちょうど中心で、アンパンマンの刺繍が入ったエプロンをつけた保育士の男の人が、黒いグランドピアノを弾きながら、誰もが聞いたことのある有名な童謡を歌っていた。

ぶんぶんぶん　はちが　とぶ
お池の　まわりに
野ばらが　さいたよ
ぶんぶんぶん　はちが　とぶ

Summ, summ, summ!
Bienchen summ herum!
Ei, wir tun dir nichts zu leide,
Flieg nur aus in Wald und Heide!
Summ, summ, summ!
Bienchen summ herum!

Buzz buzz buzz.

Busy little bee.
All day long you gather honey
Dressed in jacket striped so funny.
Buzz, buzz, buzz.
Busy little bee.

「ぶんぶんぶん……」ぼくはその歌を口ずさむ。

まだすこし肌寒い固い空気と、曇天をぬって時々降りてくる陽光のなかで、花の香りと絡みあうように流れている歌。三ヵ国語で歌われているのは、子供の頃から多言語にふれさせる、という教育方針のせいだ。鍵盤の音にあわせるように空中では、玉虫色をしたプロペラつきのピンポン玉そっくりの超小型ドローン〈オルトアイ〉が、飛んでいる。そのひとつが、ぶんと小さな羽音を立ててぼくの耳元をかすめた。立ち止まって見つめていると、こちらをじっと見つめかえしてくる。

こいつはあらゆる場所に入り込んでターゲットに気づかれることなく、三六〇度の視界を高画質で撮影する。中東あたりに飛び回っているそれがこんなところで幼児たちの見守りサービスの役目を果たしているというのは牧歌的な気がするけれど、子育てだって戦争と変わらないくらい深刻な問題なんだからなにも不思議じゃない。

「保護者なら、誰もがその〈目〉を使って、いつでもここを監視できる。どうだ、見られる気分は？」

「とくに、なにも思いませんけど」

なにかバツの悪い思いをしているとでも思ったんだろうか？　ＫＪほどじゃないけれど、いまどきの小学生なら見ることにも、見られることにも慣れている。

中庭からもういちど入り口のほうへ戻り、そこからドーナツの輪の部分になっている廊下を歩く。

昼寝の時間になったのだろうか、園内はひっそりと静まり返り、こっちも眠くなってきそうな穏やかな雰囲気にあふれていた。船についてるみたいな丸いのぞきまどから中を見ると、床にひろげた布団で雑魚寝《ざこね》している園児たちを保育士たちが寝かしつけている。ほとんどの保育士が男のひとだった。

この〈すばらしい日本の保育園〉――略して〈すばにち保育園〉――は、いまから三年前の二〇一八年に作られた認可保育園だ。

名前のせいで妙な教育方針と勘違いされそうだけど、特に思想が偏ってるわけじゃない。とりあえず、ウケが良さそうな名前を選んだらこうなったって噂《うわさ》だ。

廊下の右手の壁はまるでそれ自体が遊具のように、赤と青に塗り分けられていて、床は波打ち、いたるところに金属製のフックがつけられてカラフルなハンモックやロープがぶらさがっている。

この園をディスって「荒川修作の天命反転住宅に似せて作られたそれは、芸術家かぶれのベンチャー起業家がコンプレックス丸出しで、付け焼き刃でアートを取り入れて自らのセンスのなさを露呈していた」と書かれたブログを見たことがあるけど、実際こうして来てみると、なかなかいい。

ここは誰にとっても理想の保育園として設立された。園児たちにとっても、親たちにとっても、職員にとっても、みんなの楽園。そんなことがありうるのか？ さあ、わからないけど、ぼくにとってはどうだっていいことだ。一〇〇〇人を超える園児がいるマンモス保育園は、二四時間三六五日、あらゆる場所が一〇〇〇機近くのドローンによって撮影されている。

ぼくの前を歩いていた男が、ひとつのドアの前で立ち止まる。ドアには小さな板チョコみたいな茶色いプレートが打ち付けられ、「えんちょうしつ」という七文字が金色で刻印されている。

無言でドアノブを回す男の後ろにつづいて一歩部屋に入ると、園長室の最大公約数的なイメージとは似ても似つかない空間がそこには広がっていた。

「……なんですか、ここ」

大きさは、小学校の教室くらい。正方形の部屋の床は全面が輝く白いタイル張りで、そこにキャスターつきの椅子がふたつ向かい合わせで用意されているんだけど、その形っていうのがなんていうか、曲線的な陶器で、まあひらたくいうと便器。なんか新しいタイプのトイレですね、みたいな。

「トイレじゃないぞ」

「声、出てましたか」

「考えてることくらいわかる」

「……読心術ですか」

「ちがう。みんな考えることが同じだからだ。ここは昔、神威が使っていた部屋だ。デザインは俺がした。あの頃はＫＪがよくおもらししてたからな。いっそ部屋をトイレみたいにしちまおうと思ったんだ」

ベルトといい、この部屋といい、ひどいセンスだ。

「とりあえず座れよ」

そう言って先に男は座ったけど、ぼくはいまいち気乗りしなかった。とはいえ床に座るわけにもいかないので、渋々ながらその便器（みたいな椅子）に座った。

「アメでもくうか？」男がポケットから取り出したのは、なんだかすごくまずそうな真っ黒いアメだった。「アメ」というか「飴」という存在感。

「けっこうです」

「さきに言っとくが、小学生相手だからタメロなんじゃないぞ。俺は誰にでもこうだ」

「わかってます。下調べくらいはしてますから。三國孔明さん」

三國孔明という名前のこのひとは、かってまだみんながネットやIoTにおおげさな夢を見ていた時代に、詐欺じみたサイトをいくつも運営していた。ベンチャー起業家と詐欺師の違いは成功するかしないかだけだっていうけど、そういう意味では三國孔明は詐欺師じゃなかった。

けど、詐欺師よりもたちが悪かった。

あの悪名高い伝説の〈KIDS-FIRE.COM〉を作ったという意味で。

「そうか。賢いガキは嫌いじゃない。おまえ、いくつだ？」

飴をなめながら男は言う。

「三年生。九歳です」

「いまどきの九歳か」

なにがいまどきなのかわからないので、とりあえず聞き流し、文庫本くらいの大きさの黒いタブレットをポケットから取り出して、「取材をはじめていいですか」と確認をとる。

「俺にも取材を？」

「関係者の証言とかもあったほうがいいかなと」

「いらねえだろ。九歳だと、あいつを最初に見たのは四歳のときか。つまり、『いないいないばあっ！』とか『おかあさんといっしょ』のかわりにＫＪを見てたってわけか？」

四歳の頃に親にスマホでＫＪを見せられた記憶がうっすらとある。たぶんぼくは彼を見ていた。その証拠に家に残っているらくがきノートにはＫＪの顔が描かれている。単なる丸の連なりなんだけれど――四歳なんてだいたいそういうものだ。

「それで、なんだっけ、媒体名は。聖教新聞？　いや、赤旗だっけか？」

「ちがいます。ぼくがやってるのは小学生新聞〈キャッチャー・イン・ザ・トゥルース〉です」

「〈キャッチャー・イン・ザ・トゥルース〉それだ！」

男はいきなり奇病の発作が現れたかのように、身体をえびぞりにして笑った。

「その英語おかしいだろ。キャッチ・ザ・トゥルースの間違いじゃねえの？」

「パロディだからいいんです」

〈キャッチャー・イン・ザ・トゥルース〉は、もちろんサリンジャーの有名な小説をもじった紙名だけど、ぼくはサリンジャーなんて読んだことないし、彼のことは好きでも嫌いでもない。ただし、その名前がなにを象徴しているのかは知っている。ぼくみたいな小学生が彼の名前を出せば、アホで単純な大人たちは子供とサリンジャーというイメージを結びつけて、「ああ、なるほど。大人がみんな嘘つきに見える子供にありがちな潔癖性だな」っていう具合に、勝手にいろいろ想像してくれるのだ。大人はすぐに自分の知っている枠に物事をはめこむので、コントロールしやすくて助かる。

で、〈キャッチャー・イン・ザ・トゥルース〉は、その青臭い紙名そのもののように青臭い「真実」を求める新聞だ。創刊は二年前。紙でつくった新聞で、いわゆるインディペーパーってやつ。手書きで作ってスキャンして、全国のコンビニのコピー機から有料で引き出せる。デジタルデータにうんざりして、レコードやカセットテープみたいな、限定されたモノとしてのメディアを手に入れる音楽ファンが増えたように、情報だって個人が作った紙の新聞を好む人がけっこう増えた。そんなブームは気にしちゃいなかったけど、たまたまそういう流れで注目された。最近は、実験的に会員専用の限定コンテンツをはじめた。こっちはデジタルなんだけど、そのコンテンツっていうのが――

「そのメガネ、ライブグラスだな」

「このアイウエアですか？　そうです。スイッチは入れてませんけど」

「当然だ。勝手に配信したら訴えるからな」

ぼくはやれやれと肩をすくめる。

「バッテリーがもったいないから特ダネのときにしか使いません」

「ここにいる間ははずせ」

「ぼくの場合、普通のメガネとしても使っているので」

孔明は、「そうでちゅかー」とあからさまにぼくをバカにしながら足を組み替える。

ぼくのかけているメガネはライブグラスと呼ばれるＶＲデバイスだ。レンズに映像を映したり、見えている風景に映像を重ねたり、あるいは見ているままの風景を記録して、ネットにそのまま配信できたりする便利なグッズ。多くの家庭にある、頭からすっぽりかぶるタイプのＨＭＤやＶＲデバイスを通してぼくの記録を見ると、完全にぼくの視点を共有できる。いわゆるVRジャーナリズムってやつ。これが弊紙の会員限定コンテンツだ。たまに無料配信もしてる。

VRジャーナリズムはそう新しいものじゃない。けれど強力な武器だ。VRを使ってぼくと同じ視点で事件を見た人の反応は、従来の記事よりも遥かにぼくの主観と近くなる。それがいいのか悪いのかはわからないけど、とにかく、〈キャッチャー・イン・ザ・トゥルース〉はフェイクニュースがあふれるこの世界のなかで、唯一、真実を追い求める新聞なんだ——なんてことを言うと、しょうもない大人がしたり顔で「真実はひとつじゃない」なんてバカにする。でも、そういうやつに限ってたいてい「真実はひとつじゃない」っていう真実を信じこんでいることに気づいていない。

ぼくはただ、真実がいくつもあるなら、ぜんぶ知りたいだけだ。ぜんぶはわからないなら、わかるところを知りたい。シンプルな話だろ?

「そういえば挨拶が遅れました」

ぼくは自分の名前が書かれた名刺を手渡す。

「記者兼CEO　堀田真《ほったまこと》、か。こないだ須田大介と対談してたよな。ネットで記事見たわ。あとは西一輝《にしかずき》のコンテクストカフェによくいるみたいだし、おまえ大丈夫か?学校のやつと話合わないだろ」

「バカにしてるんですか？」

「別に。俺も昔そうだったからな。それより、ハフィントンポストにも転載されてる新聞記事、小学生ひとりであんな大量の記事、どうやって書いてるんだ？」

「そこは企業秘密です」

「まあ見ればわかる。AI使ってんだろ？　珍しくはない、けど——あれは見事な調整だ。プログラマーとしてウチの会社で働かねえ？　年俸五〇〇〇万でどう？」

「遠慮します。ぼくは〈キャッチャー・イン・ザ・トゥルース〉で真実を求めたいんです。メールにも書いたとおり、同じ子供としての立場からKJと話をして、それを記事にしたいんです。彼の本当の言葉を聞き出せるとしたら、ぼくしかいない」

「同じってだけで理解し合えるんだったら、戦争なんか起きねえだろ」

「とにかく、KJの取材、させていただけるんですよね。今日ぼくを呼んだのはKJがOKしたからですよね」

そう言うと、三國孔明は話を別の方向へそらす。

「おまえ敬語ちゃんと話せてるな。すげえな。学校教育のたまもの？　英才教育？」

「自分の努力です」

「ちがうよ。堀田真、わかってない。その努力する才能さえ、だれかが作った環境の下で発現したもんだ。木は水と土なしじゃ育たない。それはどこからきた？　おまえの小学校――私立N大附属小学校の学費は貧乏人に払える額じゃない。そうだな、俺の推理だと、おまえの家は金持ちのセレブで車はレンジローバーとかで、休みの日は美術鑑賞。親はパチンコなんかぜったいやらねえタイプだろ」

私立N大附属小学校はたしかに学費が高いし、入学試験もある。でもぼくの家は、それほどお金持ちってわけじゃない。孔明の露骨にステレオタイプな金持ちイメージとは程遠い。

「見当違いですね。父は国立大学の准教授ですけど、たまにパチンコやります。家は賃貸の2LDKアパートです」

「母親は事故死だったっけな」

「……知ってるじゃないですか」

母は、ぼくが小さいころに高速道路の玉突き事故に巻き込まれた。ちょうどでっかいトラックに挟まれたせいで、母の車はトムとジェリーのトムみたいにぺちゃんこになってしまった。お葬式のときに、棺桶に入れられた母のちょっと歪んだ顔に触れたとき、その冷たさと硬さにびっくりした。母はもう、そこにはいなかった。

「そういう環境でもおまえみたいな賢いやつが生まれるんだな」

「あなただってそうでしょう。特別な環境で育ったわけじゃない」

「べつに俺は天才じゃねえよ」

「ぼくだって天才じゃないです。吉田松陰《よしだしょういん》なんか九歳で明倫館に出仕してましたから」

「はい、でました幕末偉人伝。中小企業の社長みたいだなおまえ」

三國孔明……感心するくらい嫌な奴だ。パブリックイメージを演じているだけなのか、もともと性格がねじれているのか。いますぐライブグラスを作動させてみんなに本当の彼を見せたいものだ。

「あなたは九歳のときどうでしたか」

「兵学じゃなくプログラミングで稼いでたぶん、吉田松陰よりは賢かったんじゃね？」

こっちを見下すように笑うその顔は、傲慢と皮肉を丸めて焼いたミートボールみたいだった。「まあいいや……」三國孔明はそう言って立ち上がると、

「ガキってのは、理想と現実を合致させられると信じてる青臭いやつのことだと世間は思ってる」話しながら壁の一部を叩く。するとそこにぽっかりと四角い穴があいて、その奥に板張りの通路が伸びる。

「俺に言わせるとちがうね。理想と現実は合致させられる。その力を持っているやつだけがずっとガキでいられる。そうじゃないやつらは、ガキの皮をかぶった大人になるしかないんだよ」

だからバケの皮がはがれるとみんな大人になっちまう——と孔明は吐き捨てるように言った。

それで、あなたはどっちなんですか？　そう聞きたかったけれど、目の前の男はどう考えてもただのおっさんだった。もし自分がまだ子供だと思っているとしたら救い難い大人だし、大人だと思ってたらそれはそれで鬱陶《うっとう》しい。

通路の突き当たりには、大理石で作られたドアがあった。

「ここから先はひとりで行けよ」

とぼくを残して孔明は通路を戻っていった。

胸の高鳴りを鎮《しず》め、汗ばむ手をズボンでふいてドアを開けると、そこには、不思議な色の目をした少年がいた。

2

ＫＪが発見されたのは、いまから六年前。

二〇一五年の八月の明け方のことだった。

営業がおわった歌舞伎町のホストクラブ、ＢＬＵＥ†ＢＬＯＯＤの店長、白鳥神威が新宿のマンションに帰ると、部屋の前に赤ちゃんがいた。それがＫＪだ（当時まだ名前はなかった）。こういう場合、普通は警察に通報するんだけれど、白鳥神威はしなかった。それどころかその夜、店に赤ちゃんを連れて行って新しいキャストとしてデビューさせた。

後に神威が語ったところによれば「ナンバーワンカリスマホストの本能」がそうさせたということだけど、ぼくはこの話をネットで見たとき、さっぱり意味がわからなかった。

その後の展開も奇怪だ。

さすがに赤ちゃんがいるホストクラブ、というのは異色すぎる。営業が成り立つわけがない。お客とキャストが激減したＢＬＵＥ†ＢＬＯＯＤだったが、すぐに神威は次の手を打った。元ホスト仲間で、当時、ＩＴ企業〈ナインライブス〉の社長だった三國孔明にクラウドファンディングのサイト立ち上げを相談したのだ。

普通なら笑われて終わるアイデアだったけれど、幸か不幸か、三國孔明という男は神威の突拍子もないアイデアを現実に叶える能力と技術を持っていた。ちょうど似たサイトをローンチする予定だった孔明の会社は、それを〈KIDS-FIRE.COM〉として公開。

トップページにはこんな文言が躍《おど》っていた。

《ＩＴで日本の子育てを変える！》

日本は今、危機に瀕しています。

少子高齢化、人口減少、政治不信、テロ、災害……。しかし、なによりこの国を担う若い力が不足しています。

高度成長期につくられた制度がそのまま残り、現代にマッチした子育て環境が整備されていない。

この現状を打開するために、我々はここに「ソーシャル子育て」を提案します。

本当の自分と、子供のために、ありのままに生きられる世界を。

調べてみると二〇一五年っていうのは、保育園がたりないとか、保育園にはいれないとかそういうことで世間が大騒ぎして大変だったらしい。子育てのためのいろいろなアイデアが提案されていたようだけれど、このサイトはそのなかのひとつとして話題を呼んだ。システムとしては今のクラウドファンディングサイトと同じで、このプラットフォームを使って自分のプロジェクトを立ち上げ、それぞれのリターンを提示して広く世界中から出資者を募る。

このサイトでの第一プロジェクトとなったのが、神威たちの立ち上げた《レジェンド・オブ・赤ちゃんプロジェクト》だった。

当時の記録によれば、そのプロジェクトはこういうものだ。

《レジェンド・オブ・赤ちゃんプロジェクト》

歌舞伎町の伝説的ホストクラブ「BLUE†BLOOD」に0歳児のホストが降臨！　キリスト誕生を凌駕する人類史上最強イベントである彼の生誕に合わせ、彼の人生の一部を販売いたします。歌舞伎町の伝説と、安らかな老後を作りませんか？

【基本プラン】50万円（20人）動画メッセージ、成長記録が秘密のブログで一生閲覧できます。四季折々の子供の笑顔を楽しめます。設置型カメラでいつでも彼の顔を見られます。

【ゴッドファーザープラン】1500万円（1人）基本プラン＋命名権です。あなたの好きな名前をつけられます。募集は1ヵ月以内！　お早めに。

【赤ちゃんプラン】1000万円（1人）基本プラン＋ミルクをあげられます。お泊まりできます（別途料金）。6歳（小学校入学）まではあなたが選んだ洋服を自由に着せ替えることも可能です。あなたの地元の方言を話すようにします（外国語は別途料金）。好きな習い事に行かせることができます。

【小学校プラン】1000万円（1人）小学校6年間の基本プラン＋ランドセル（別途料金）がプレゼントできます。中学受験進路への介入が可能（別途料金）。

抜けた乳歯がもらえます。宿題や作文であなたの好きなテーマを書いてもらうことも可能。

【中学プラン】10万円（10人）中学3年間の基本プラン。説教する権利もあります。反抗期なので多少面倒ですが育て甲斐があります。

【高校プラン】10万円（10人）高校3年間の基本プラン＋進路決定権（多数決になります）。

【大学プラン】10万円（10人）大学4年間の基本プラン＋進路決定権（多数決になります）。

【成人プラン】10万円（10人）20代から5年の基本プラン＋就職決定権。お見合い相手選択権もあります（多数決）。ニートや引きこもりになった場合は説教も可能です。

【エア家族プラン】１００万円（１人）基本プラン＋死ぬ間際に手を握ってもらえる権。

【介護プラン】１億円（１人）基本プラン＋毎月面会可能。死ぬ間際に手を握ってもらえます。遺産相続も受け付け可。ご指定の３年間、住み込みで介護します（子供が幼児期の場合は当店のスタッフとともにお邪魔します）。

※すべてのプランには誕生日を祝う権利がついています。基本プラン以上の出資者には毎年彼から個別のメッセージが届きます。

うまくいけば、ぜんぶで六五人の人間から一億五〇〇〇万を調達できるっていう計画だけれど、内容を見ればわかるとおり、ＫＪにとってはかなり理不尽なプロジェクトだ。なんせ設置型のカメラでいつでも見られる、という条件があるわけで、つまり四六時中監視されるってことだ。

この状況を揶揄するのに、ネットではジム・キャリーが主演した「トゥルーマン・ショー」っていう古い映画がよくとりあげられる。

一人の男の人生がドキュメントでお茶の間に流れている。けれど男は自分がテレビで見られていることを知らないし、自分の人生がぜんぶつくりもののセットだってことも知らない。この映画と違うのは、ＫＪが生まれたときから自分が監視されていると知っていることなのだけど……。

ともかく、当然のことながらこの日、〈KIDS-FIRE.COM〉は数々の批判を受けて炎上した。けれど、そのおかげで神威たちのプロジェクトはネット中に知れ渡った。悪名は無名に勝るってやつだ。この騒動に目をつけて出演依頼をオファーしたメディアはいくつもあったが、神威たちが選んだのは、意外なことに「荻窪リキのミッション22」だった。

今じゃ毎日のプライムタイムの地上波ニュース番組でおなじみの荻窪リキだけど、六年前の当時、この番組は深夜放送のかなりコアな、こぢんまりした固い論壇トーク番組だったらしい。ぼくもアーカイブを見たことがあるけれど、今のようにこなれた荻窪じゃなく、初々しくてかなりたどたどしい。その分、なにか真摯な情熱を感じた。

結局その番組が彼らをメジャーにした。

KIDS-FIRE.COM は子供の貧困を救う、ソーシャル子育てプラットフォームとして脚光を浴びたのである。

で、《レジェンド・オブ・赤ちゃんプロジェクト》だけど、Wikipediaの充実した情報によれば、まず最初に命名権のついた【ゴッドファーザープラン】1500万円（1人）が売れた。買ったのは当時、美容業界ではカリスマ的な人気を誇っていた西《さい》塔《とう》千草。彼女はもともと神威の店によく来ていたらしい。つけられた名前は「白鳥歌《カ》夢《ム》威《イ》」。漢字はちがうけど、父親である神威と同じ名前だ。でもいま、彼をその名前で呼ぶ人間はネットにはあまりいない。

ＫＪ――カムイジュニア――そっちのほうが一般的だ。

プロジェクトはさらに、わずか一週間で比較的安い【中学プラン】10万円（10人）【高校プラン】10万円（10人）【大学プラン】10万円（10人）【成人プラン】10万円（10人）の受付が終わり、【基本プラン】50万円（20人）も、翌週にすべて支援者があつまった。そのほとんどが高齢者、あるいは子供のいない年輩の女性だったという。一番注目されていたのは、【介護プラン】1億円（1人）だ。これは最終的に支援者があらわれなかったせいで、【企業協賛プラン】に変更され、すぐに売れた。内容が、提携企業の新製品の宣伝協力とモニタ、という商業的なものになったせいで、のちにＫＪは子役タレントなみに多忙な宣伝活動の日々を送ることになる。

二ヵ月ほどでプロジェクトはすべての支援者を集め、目標金額を達成した。それだけを見れば、プロジェクトは成功だったと言える。

ＤＮＡ検査もしていないせいで、いまにいたるまでＫＪの母親は見つかっていない。彼が何者かいまだにわからない。だけど、みんなもうそんなこと気にしていない。人っていうのは、過去のいろいろな事件をすぐに忘れてしまう生き物なんだなって思う。ＫＪはネット上で消費されるキャラクターのひとりだ。

その彼が目の前にいる。

ＫＪはおじいさんが座っていそうなアンティーク調のロッキングチェアに座ってこちらを見ていた。不思議な色の瞳だった。協賛メーカーからの試供品であろうオレンジがかった灰色の子供用カラコンをつけた彼は、まるでネットワークゲームのキャラクターみたいだ。

言葉につまって棒立ちになっていると、足にコツン、となにかが当たった。床を見ると、小さな黒い円形の掃除機がウインウインと音を立ててじゃれるように、ぼくの足元にからみついている。

「ポチ丸、ハウスだよ」

ピッという音がして、ロボット掃除機は部屋の隅に設置された充電場所に戻っていく。ロッキングチェアからおりて、ぼくの前にやってきたＫＪは、「まことくん？」と笑った。

黒い長髪と白い肌、整った顔。六歳とは思えない落ち着いた理性的な話しぶりだ。

「そうだよ。はじめましてＫＪ。ぼくは堀田真――小学生新聞〈キャッチャー・イン・ザ・トゥルース〉の記者です。さっそく取材させてほしいんだけど」緊張をおさえて畳み掛けるように早口で言うと、ＫＪはあははと屈託ない笑い声をあげた。

「いいよ。もうオワコンのコジキ王子だけどね」

もう終わったコンテンツ、人の金で生きる乞食王子――ネットでテンプレのように使われるＫＪを揶揄する言葉だけど、冗談にできる程度には風化している。

かつて、動画配信中、「人の金で生きてる乞食ってどんな気分？」って聞いたアンチがいた。ＫＪが返したセリフは、「あなたはおかねをつくったひと？」だった。

考えてみると、人間は誰しも誰かからお金をもらっているわけで、誰ひとりとして自分でお金を作ったわけじゃない。人のお金じゃないお金なんてないのだ。存在するだけでお金を集めてしまうＫＪとは、資本主義のブラックホールそのもの。

「取材って、なんのはなしをするの？　きみはぼくのことをぼくより知ってるんじゃない？　ファウンダーズでしょ」

ファウンダーズというのは彼の出資者のことだ。元々は最初に出資した六五人のことをそう呼んでいたけれど、今ではＫＪはコンテンツとして広く開放され、誰でもその場でお金を払えば彼の生活をのぞくことができるので、みんながファウンダーズだ。ぼくも例外じゃない。コンテンツとしての子供の寿命はけっこう長い。その年齢に応じて変化がある。

「おしえてよ、こどものころのぼくはどうだった」

ＫＪはロッキングチェアの背もたれにひっかけられていたカーディガンをひろげ、中国系のベンチャーコンサル企業のロゴが入ったシャツの上に羽織る。カーディガンは、胸元にロゴが入っていてカラフルだ。ＫＪの服にはいったロゴは、すべて出資企業のものだ。彼は生きる広告塔。噂によると企業名を肌に直接印刷するというイカれた提案もあったらしい。頰に「ほっぺが落ちるハンバーガー！」、額に「頭痛スッキリこの一錠！」のキャッチコピーだって？　ばかばかしい。

「おもしろかったよ。君を初めて見たのはぼくが四歳のころで、君は確かまだ一歳になってなかったんだ。ネットで会話したこともある」

「ぼくなんていった？」

「あーぶーぶー」

「なつかしいな。まだこどもだったんだなあ」

六歳にしてすでにノスタルジーという感情を持っている彼には、もしかして、自分がすでに子供じゃないという認識があるんだろうか。ＫＪはサイドテーブルからマグカップをふたつとって、あたたかいお茶を入れてぼくのほうに差し出す（むろん全部ロゴが入っている）。

「ありがとう」

ＫＪは部屋の隅にあるロッキングチェアをもうひとつ持ってくると「どうぞ」とぼくにすすめる。カップを持ってそこに座り、さっきから少し気になっていることを口にした。

「あそこにあるやつ……」

「あれ切る？」

玉虫色の〈オルトアイ〉が四台ほど上空を旋回しており、部屋の四隅にある設置型カメラが自動で動いてぼくらを見ている。どうやら今この瞬間もぼくらは撮影され、どこかのだれかに見られているらしい。

「そうだね。取材中だけ、いいかな」

「ＯＫ。もう六歳だからね」

ぼくにもプライバシーあるんだ、と言いながらポケットの中から取り出したリモコンを操作すると、〈オルトアイ〉は部屋の隅にある充電器へと着陸した。

今年の四月からＫＪは小学生になる。当初、ＫＪは一生カメラで撮影されることになっていたが、小学校入学を前に、プライバシーの議論が高まり、他の生徒への配慮として、六歳になってからは、試験的にカメラが止められるようになった。学校のライブ中継は他の生徒の同意があった場合に限り、彼の意思で行われることに決まっている。

「ぼくは気にしないけど、ぼくといるひとは気にするね。プライバシー」

「生まれたときからずっと見られてるって、どういう気分？」

「うーん、わかんない。そうじゃないときってほとんどないから」

「まあそうだよね……」

自分の質問が、「なにを思って二足歩行をしているんですか？」って聞いてるのと同じだってことに気づいて、恥ずかしくて頬がすこし熱くなった。誤魔化すように視線を右側に向けると、壁に埋め込まれた青い水槽のなかで金色の魚が泳いでいた。

「ファウンダーズの人が買ってくれたゴールデンフィッシュだよ」

天然ものだろうか。プラカラーとかで塗ったのだろうか。あるいは本物の金箔《きんぱく》がはりつけてあるとか。

「どこで売ってるの、この魚」

「どこだろ。新江ノ島水族館とか？」

「水族館では売ってないよ」

「行ったことないからわかんないなあ」

改めて部屋を見る。クリーム色をベースにした楕円形のスペースは、天窓やテラスから入ってくる自然光によって、尖った印象がまったくない。左の壁を埋め尽くさんばかりに貼られたファウンダーズとの記念写真は乱雑なモザイクのようだけど、ひとつひとつが木や真鍮で丁寧に額装されているため、現代アートのような美しさを感じさせる。ハンドメイドであろう、温かみのある椅子や家具や白い馬は、子供への配慮か、ほとんどが木製のようだ。部屋にあふれるモノから、すごくやさしい匂いがしていて、なぜかぼくは思わず涙ぐみそうになった。ただ、いつもカメラで見ているよりも狭く感じることだけが気になる。

「もうだいじょうぶかな」

設置型カメラのＬＥＤランプがＯＦＦの位置にあるのを確認すると、ＫＪは大きく深呼吸した。

「これでだれにも聞かれてないよ」

「よし。じゃあ本題に入ろうＫＪ」

タブレットの録音アプリを立ち上げて腕に巻いたスマートバンドと連動させる。ぼくの取材スタイルはいつもこうだ。録音した声は音声認識で自動的に文字になる。簡単なものならＡＩでも記事にする段階まで持っていける。けれど、最後には自分で編集して紙に手書きする。アナログの価値は必要だ。

「うん」

「なぜぼくの取材を受けてくれる気になったんだい？　一年前に取材を申し込んだときは断られたのに、三日前にきみから突然あのメールがきた。どういうこと？」

ＫＪはうーん、と右上を見ながら頭をひねる。

「メールで書いたとおりだよ。プロジェクトＭを手伝ってもらえないかな？　まことくんがちょうどいいんだ」

「プロジェクトＭってなんなの？」

「簡単に言えば、全部をリセットしちゃう作戦」

ＫＪからぼくに来たメールには「プロジェクトＭを手伝ってくれないかな？」とだけ書いてあった。悪いことをたくらんでいるという雰囲気でもなさそうだけれど……。

「リセットするってことは、つまり、この六年間の《レジェンド・オブ・赤ちゃんプロジェクト》は失敗だったってこと？」

たしかに、《レジェンド・オブ・赤ちゃんプロジェクト》は様々な問題を引き起こした。たとえば初期に噴出したのは、ネットに晒され続ける子供たちの現状はもはや虐待ではないか、という批判だ。それはメディアでの議論を呼び、神威たちは、まだ自分の意思のない乳児を商売道具にする極悪人集団である、いや、実際に状況を改善している革命者である――などなど、世論は真っ二つにわかれた。

そのあとにあった主な事件を思い出してみても、〇歳のときの第一次クリプレ戦争。二歳のときの髪の毛争奪戦。三歳の七五三事変とむきむき事件。四歳のランドセル紛争……枚挙にいとまがない。

「失敗かどうかはわからないけど、このままだとまずいんだよね」

「でも、ぼくの新聞記事を読んでいれば、ぼくが白鳥神威のことをあまり良く思っていないことは、わかってるよね」

ぼくの印象では、白鳥神威たちはなにも考えていない、たまたま運がいいだけの愉快犯だ。軽々しく断定はできないけれど、どうもうさんくさい。だからこそ、ぼくはその息子であるＫＪに興味を持ったのだ。

「うん。しってるよ。でもパパとぼくはちがうし、これはパパには関係ないはなしだ。まことくんはそれがわかってるよね」

「そうだね。君にはそれほど悪い印象はない」

「おさんぽしながら話そうよ。今日、これから大切な用事があるからついてきて。とくべつに、だれにもみはられずに外出できる」

ＫＪが、入ってきた通路とは別の、中庭に面したテラスのほうに歩き出す。

「どんな用事？」

「いけばわかるよ」

そう言ってＫＪは中庭の端っこに近づくと、生い茂った緑の植物に隠された木製のくぐり戸を開けて出ていく。ぼくは慌ててスリッパのまま、それを追いかけた。

3

三月が春だなんていうのは、そろそろ嘘だってことに気づくべきだろう。今日は朝から曇っているせいで外は寒い。マフラーでもしてくるべきだった。

「ともだちと一緒にでかけるのって、ぼくはじめてかも」

保育園のなかでもＫＪの部屋だけは隔離されている。特別に見えても、ふつうの子供と同じようにやっぱり寂しいものだろうか。

「あぶないから手を繋《つな》いだほうがいいかもね」

「へいきだよ、ぼくもう小学生になるんだよ」

ぼくに九歳なりのプライドがあるように、ＫＪにも六歳なりのプライドがある。

「ねえ、ＫＪ。なんで今日じゃないといけないの？」

「今日は外出するとき〈オルトアイ〉がついてこない日だから。あと、ぼくは四月から小学生になっちゃうから」

「小学生になると、どうなるの？」

「大人になるんだよ。来月になったら、ぼくは今のぼくじゃなくなる気がする。だからそのまえに、計画を実行しなきゃいけない」

なるほど。納得はできないけど、理解はした。

すばにち保育園を出てからしばらく歩いてビジネス街に入ると、茶髪を丹念にセットしてラメ入りのスーツとアクセ、やたらとがったブーツでキメたオールドスクールホストスタイルのサラリーマンたちがウェイウェイ言いながら歩いていた。近年の都心ホスト化の波はこんなところにも表れている。

ホストファッションがブームになったのは何年前のことだろう。最近では神威たちの活躍のせいで、公務員からエンジニアまで、都内の労働者はだいたいのひとが日焼けした肌に茶髪カラコン、ラメったスーツ、とんがり靴にセカンドバッグだ。逆に歌舞伎町の若手ホストはカジュアル化が進み、みんな短髪にスニーカーになり、爽やかでスポーティな方向に進化していった結果、二丁目あたりのひととあまり見分けがつかない。

彼らを眺めながら歩いていると、遠くからスマホでこちらの写真を撮ってる人がいた。何人もいるので不思議だったけど、すぐにぼくは悟った——KJを撮っているのだ。KJは慣れているらしくあまり気にしていない。勝手にアップされるのはまずくはないか。

「写真撮られても大丈夫なの？」

「写真より動画のほうがいいな」

すこし考えて彼の言葉の意味が理解できた。つまり、写真より動画のほうが加工されづらいから、あとで妙なコラージュとかをされる恐れが少ないということだ。

「だね。でも勝手に撮影されるのはどういう気分？」

「不安なんじゃないかな」

「え？　誰が？」

「撮影するひと。たぶんぼくをしってる人でしょ？　だったら、きっとぼくをネットで見たことあるよね。ずっと見てた人かも。さいきんぼくの姿が見えなくなるときがよくあるから不安なんじゃない？」

六歳になってから、彼の姿は、以前のように二四時間ライブ配信されるということはなくなった。

「なるほど」

むかし、ぼくの父がこんな話をしていた――ある刑務所が、隠しカメラをつけたことを囚人に伝える。すると、囚人たちは、見られていないときでも視線を気にするようになる。これは監視する側からするととても都合がいいことなのだそうだ。

しかし、ＫＪを見ていると、まるで監視する側とされる側の関係が逆になっている ように感じる。見る側のほうが、見られる側に操られている気さえする――それは彼が特殊だからなのか、あるいは、生まれたときから見られているという状況がそうさせるのか。

選挙が近いせいもあって、大声で主義主張をがなりたてる何台かの選挙カーとすれ違う。駅前の道路脇に立てられた、都知事選の出馬者のポスターをずらりと貼った大きな掲示板のなかに、見慣れた顔があった。

「そういや選挙って明日だっけ」

「そうだね」

選挙用のポスターにはスーツを着た白鳥神威が笑顔で写っている。どう見ても昔のホストクラブの広告にしか見えない。でも、彼はここ数年の都政をなんとかうまく切り盛りしている。

「君のパパはまた勝つと思う？」

「どうかな。ぼくのパパはまことくんにはどうみえる？」

「白鳥神威のこと？　それは――」

白鳥神威、および〈KIDS-FIRE.COM〉のその後の展開は、みんな知ってる通りだ。

《レジェンド・オブ・赤ちゃんプロジェクト》を皮切りに、日本のみならず、海外の途上国の親たちが自分の子供の支援者を募集しはじめた。自分たちがいかに他の人よりも不幸で恵まれていないかを競った結果、サイトはあらゆる不幸の見本市になってしまった。海外の恵まれない子供に対する寄付と、〈KIDS-FIRE.COM〉にあるプロジェクトへの投資、何が違うのかといわれると、たしかにそう違わない。

炎上に次ぐ炎上、人権支援団体やネットでの批判。そのたびにサイトは知名度をあげ、同時に、愉快犯じみた挑発的態度を取り続ける白鳥神威と三國孔明の悪名も高まっていった。ホスト、というイメージもネットでは叩かれる要因になった。いくら良心的経営とはいえ、女の人に膨大なお金を使わせていたのは紛れもない事実だ。KJのDNA鑑定をしない理由についても、認知したくないからだっていう話も出た（実際は認知していたし、ちゃんと育ててもいたわけで、鑑定しない理由だって「血がつながっていようがいまいが、子供と決めたら子供」という声明を出していたんだけど、アンチというのは都合のいい話を作りたがるものだ）。

そういった世論の圧力によって〈KIDS-FIRE.COM〉の規模は縮小――しなかった。

それどころか、むしろ拡大した。

神威たちは、大方の予想を裏切り、火に油を注ぐような行動に出た。

さらなるグローバルスタンダードに対応するため、ブロックチェーンを利用した新たなる通貨「Wei（ウェーイ）」を作り、サイト内のオプション購入や寄付に使えるようにした。さらに、ＫＪのファンを増やすために、無制限の支援者枠を設定。投げ銭式でいつでも彼を見ることができるシステムを作った。新たに子供支援プロジェクトを立ち上げる参入者には、子供の安全のために、ある一定期間はライブで家庭環境ぜんぶを公開することを課した。これで公共性と透明性が保証される……という建前はネットでは叩かれまくったけれど、なんと実際には利用者が増えていた。どうやらネットの情報を精査しないヌルい層にファンが広がったらしく、こうなってしまえばもはや、やったもの勝ちだ。

二〇一七年には保育園がなかなか作られない都内に、妙な保育園をいくつもオープンさせた。移転問題で揺れていた豊洲の土地をまるごと買い取った集積型保育園、空き家対策課と組んだ分散型保育園、国有地の買い取り。その勢いで、子育て世帯の支持を基盤に、都知事選に無所属で出馬。圧倒的多数で勝利した。

都知事、白鳥神威の誕生である。

それはある意味で、ＩＴに夢を見ていた人たちの中に残った、わずかな夢を壊すような展開だった。だって、結局のところ神威ひとりのキャラで世間が勝手に動いてしまって、ビッグデータもＡＩも、誰もそれを予測できなかったんだ。二〇一六年にまさかの当選を果たしたトランプ大統領陣営が使った、英国のデータ分析会社と同じシステムが使われてたとか言われたけど、いまじゃ単なるうわさだったってわかってる。データを使うあらゆる予想は過去の延長で物事を判断する。劇的に変化する未来を予測することはできない。

政治とビジネスを切り離すため、〈KIDS-FIRE.COM〉の運営は実質、三國孔明にすべて委《ゆだ》ねられた。しかしサイトに投入された技術は高度な知識がないと使いこなせないレベルになってしまい、利用者数は停滞。ＩＴに未来を見ていた孔明は、きっと複雑な気分だっただろう。

神威は政治結社〈歌舞伎町の会〉を旗揚げ。奇抜なファッションとキャラクター、そして「チルドレンファースト」を掲げて異常なまでに子供を保護する政策を打ち出したせいで、支持は二極化した。子供手当の充実、保育園の義務教育化、都内の空き家をリノベーションしたシングルマザーが無料で住める住宅。海外から人を迎え入れる、「すばらしい日本のお手伝いさんを増やそうプロジェクト」。

ＩＴで子育てを変えるはずだった〈KIDS-FIRE.COM〉よりも、泥臭い政治が具体的に物事を変えていった。

大人が期待してた、ネットが政治や世界を良くするなんて夢は、そこで終わった。過激な政治主張、陰謀論、そういうややこしい情報のどれが本当なのか、いちいち調べることにみんな疲れてしまったんだ。

まあ、そんなＫＪのパパであるところの白鳥神威だけど、ぼくにとって彼がどう見えるかというのは非常にむずかしい問題だ。

トリックスター、ソシオパス、カリスマ、詐欺師……どの言葉も当てはまらない。

「正直言って、ぼくは白鳥神威が嫌いだ。彼の行動は革新的だけど、その分多くの人を不幸にしている。でも彼がどういう人なのか……真実はわからない。実際に知ってるわけじゃないから」

記者として当たり前のことを言っただけなんだけど、ＫＪはどうやらこの答えが気に入ったらしく何度もうなずいて言った。

「いいね。みんな勝手なイメージを持ってて、もっともらしいことをいうけど、本当のそのひとのことなんて、だれもわからないよ。ぼくだってパパのことがわからないんだから」

人間の真実を深く知るのが難しいことは、小学生のぼくにだってわかる。

「ただね――パパはかいけつゾロリみたいだなって思うときがある」

「ゾロリ？」

もちろんゾロリは知ってる。ぼくも一年生くらいのときによく読んだ、子供に大人気の絵本だ。ゾロリはいたずらの天才で、隙あらば悪いことやみんなが嫌がることをしてやろうと考えているキツネの子供だ。自分のお城を手に入れて結婚相手を探すため、イシシとノシシっていう、イノシシの手下を連れて旅をしている。

「ゾロリってさ、すごい悪いことをしてやろうと思ってるじゃない？　自称いじわるの天才なんだよね。でも、なんでかまわりの人達にとっていいことになったりするんだよね」

なるほど。確かにゾロリの物語というのは、ゾロリが悪いことをしようとしているにもかかわらず、それがいつの間にかズレて社会的には良いことになって、みんなが感謝する――というパターンが多い。つまりゾロリは純粋悪として生きているにもかかわらず、社会では善になっているということだ。ただ自分の思うままに生きているゾロリと神威は、似ているかも知れない。結果的に社会の都合でそれが善になったり、悪になったりするあたりも似ている。

「パパはたぶん、自分のやりたいことしか考えてないんだよね。けどそのアイデアが面白いからみんなが乗せられちゃうんだ」

笑いと遊びは善悪を超えたところにある。人は退屈な正義よりも面白い悪を見たがるものだ。

「どうやったら、たのしいことと、いいことがおなじになるのかな」

ぼくはその問いに答えられない。たぶん、今の社会にも。

「それで、なんだっけ。君の作戦——プロジェクトMだっけ？　その内容は？」

「ぼく、姿を消そうとおもうんだ」

六歳ともなれば、ずっと知らない誰かに見られるっていう状態が、そろそろ嫌になってきてもおかしくないはずだ。これまでずっとストレスだったのがここに来て爆発、といったところだろうか。

「姿を消すってことは、やっぱり見られるのは嫌だったんだね」

「うーん、まあそれはべつにいいんだけどね」

……え？　とぼくは思わず聞き返してしまう。

「じゃあなにが嫌なの？」

「ぼくはいやじゃないんだよ。でも、みんながいやなんじゃないかなーと思って」

みんなが嫌？　見られている側じゃなくて、見ている側が嫌、ということだろうか。見ている側のひとりであるぼくでも、あまりその理由に思い至らない。

「し、ってわかる？」

一瞬、なにを言われているのかわからなかったけれど、すぐに「死」のことだとわかった。

「最近きづいたんだけど、人間って死ぬらしいんだ。それで、ひとは死ぬとさ、死体になるらしいんだよね」

「死体に」

「そうそう。ぼくはたぶん死んだら死体になる。それは仕方ない。でもさ、ぼくの死体をみた人はこまるじゃない。うごかないし、しゃべらないし。あと、ちょっとかなしいんじゃないかな」

「そうだろうね。ぼくもお母さんが死んだとき、かなしかった」

「うん。ぼくも、もうすぐ知っている人が、死ぬんだよ。きっとその人の死体を見たらかなしくなる気がするんだ。どうしてだろうね」

「なんでか……ぼくもわからない」

そりゃいまどきネットの検索窓に、「死　なんで悲しいのか」って入れれば答えはすぐに出てくる。そこに出てくる答えは心理学とか、哲学とか、宗教とか、もっともらしいことを根拠にしているんだけど、一回も「あ！　そうか！」なんて思ったことがない。

「死体をみんなに見られるのがまずいと思うんだよね。でも、さいごにはそうなっちゃう。だから、ぼくは死体になるまえに、みんなの前から消えるプロジェクトを考えた」

つまり……こういうことだろうか。

ＫＪは最近だれかの死を意識することがあった。そのときにふと自分もいつか死体になるのだということに気づいた。そして、自分の死体を見た人が悲しむことにも気がついた——このあたりまでは理解できる。ぼくだって、ＫＪくらいのときには人の死について考えたものだ。死ってなに？　死ぬってどういうこと？　大人に聞いたらみんな「星になること」とか「天国にいくこと」とかそういう話をする。ところが、驚くべきことに、その話をしているのはみんな死んだことない人たちなんだよ。なんで死んでないのに、死んだときのことがわかるんだろう？

「なるほどね。で、そのプロジェクトＭの中身は？　どうやって君は消えるの？」

「それは最後のひみつ。どう？　取材したくない？」

したい。めちゃくちゃ興味がある。ぼくのジャーナリスト魂が燃えはじめた。もし本当にKJが消えるなら、これは大スクープだ。

「ぼくはなにを書けばいい？」

「見たままを書いてくれれば。ほんとうのぼくを見ててくれる人が必要なんだ」

「OK。やってみよう。だけど約束してほしいんだ。その計画が、もしなにか危険なことだったらぼくは君を止めるよ」

いくらジャーナリズムのためといっても、ぼくは目の前の子供が危険な目にあうのを見過ごすのはまちがっていると思う。

「ふーん。わかった」

「ところで、いまどこに向かってるの？」

「すごにち病院」

〈世界が驚くSUGOI！日本の病院〉──略して〈すごにち病院〉は都知事主導で新宿御苑のそばに作られた先端医療の病院だ。ここからだと車で一〇分くらいだろうか。けっこう近い。けれどももちろんぼくらは運転免許証なんてもってないわけで、タクシーにするかバスにするか、それとも歩くか、それが問題だ。

「行き先までの道はわかってる？」

「もちろん。ちょっと歩くけどね」

そんな話をしていたところ、

「ＫＪ！　ＫＪだろ？」

いきなり車道のほうから声をかけられた。振り返ると、ぼくらのいる歩道とは反対車線に、車の運転席から身を乗り出して手を振る白髪の老人が見えた。その車は後部に四葉のクローバーみたいなシニアドライバーマークと、自動運転車マークがついた、赤いてんとう虫によく似た小型ＥＶタクシーだ。

老人は車を路肩に駐車すると、小走りにこちらにやってきて、よおと挨拶をした。いかにも人が良さそうなしわくちゃの笑みをうかべているが、やけに強引な態度で、なにかこう、いい人だけど関わるとめんどくさそうだな……という気がした。

「こんにちは」

「ＫＪ！　やっぱりそうか。久しぶりだなあ！　いやー大きくなったな！　おれのことわかるか？」

「ファウンダーズの人ですか」

「そうだよ。たしか追加で募集してたときに出資したんだよ。なんだっけかな、〈見守りプラン人数無制限　1万円〉ってやつだ。ラジオでおめぇのこと知ってな」

この老人のような出資者は少なくない。もはやKJのファウンダーズは全国に推定一万人近くはいるらしいから、街を歩いていて出会ってもおかしくない。

「あんときゃあ、おらぁ健康食品の営業マンだったけど羽振りがよくてな。こんな小さな車じゃなくて、でっけえいい車乗ってたんだ。わかるか？　クラウンだよクラウン」

老人はすごく興奮しているらしい。つばを飛ばしながら語っている。

「ところでなにしてんだこんなとこで？」

「えっと、すごにち病院に行きたくて」

KJがにこにこしながらそう言った。

「どっかわりぃのか？」

「ちょっと今日会わないといけないひとがいるんだ」

「おお！　そうか、じゃあ乗れ乗れ、連れて行ってやろう。もちろん料金はいらねえよ」

「ありがとう」

「KJ、乗るの？」

「乗ったほうがはやくない？」

確かにそうだけど……やけに張り切っている老人の様子になんだか嫌な予感がするのはなぜだろう。

老人の車の後部座席にＫＪと並んで座ると、運転席におさまった老人が言う。

「おらぁ孫がいねえから、おめぇのこと孫だと思っていつも見てるよ」

「ありがとう。おじいさんの名前は？」

「おう、吉本隆夫《よしもとたかお》だ。そっちのメガネのおめぇは」

堀田真ですと名乗る。

「なんかひねた目してんなぁ、おめぇもＫＪを見習えよ」

老人が自動運転モードにして走りはじめると、ぼくはもうすでにこのタクシーから降りたくなっている。老人の長話を聞かされるのは、苦痛以外の何物でもないのだけれど、ジャーナリストとしてはＫＪから離れるわけにはいかないのだ。早く目的地に着くことを祈るしかないだろう。

4

気のせいだろうか。禁煙のはずの車内に、うっすらタバコのにおいがした。

窓をすこしあけると、曇りの日特有の湿った空気が入り込んできて、ますます不快さが増すけど、呼吸はマシになる。並走する車を好奇心に溢れた目で眺めている隣のKJが、ぼくの視線に気づいて鼻の頭をぽりぽり掻きながら照れた様子で言う。

「ウチの車は窓がまっくろだからさ、そとがあんまりみえないんだよね」

そういえば彼が移動のときに乗っているレンジローバーはフルスモークだなあ、なんてことを考えながら、ぼくはとある別の考えに囚われ始めていた。

この状況って、ジャーナリストによくあるやつじゃないだろうか？

ほら、自分はスクープだと思ってたら、相手の宣伝とか都合のいい情報操作のために利用されていたっていうやつ。よく考えてみたら、この老人だって怪《あや》しいし、もしかしたら、すでにぼくは利用されているんじゃないか？　こういうときこそジャーナリスト精神を発揮してはっきりと聞くべきだろう。老人に聞こえないように声をひそめて尋ねる。

「ねえ、どうしてぼくが必要なの？　プロジェクトをひとりで実行すると、なにか問題があるの？」

「ひとりでもできるけど、ぼくが消えたあとに、それをつたえる人が必要でしょ」

「でも、きみのまわりにはいつも〈オルトアイ〉がいっぱい飛んでるし、伝える手段ならいくらでもあるよね」

「真実は、ひとの目にだけうつる――って書いたのはまことくんだよ」

文庫本の最後に載っている創刊の言葉と同じように、〈キャッチャー・イン・ザ・トゥルース〉の隅っこに小さいながらも刻まれている言葉――「機械の目に映るのは事実。真実は人の目にのみ映る」これはぼくの信念なのだ。

「そのとおりだなって思ったから、まことくんを呼んだんだ」

世界の裏側までなんでもかんでも覗き見できる今の時代、人は責任をとるのをやめて、とにかく面白くてショッキングな映像を求めるだけのロボットになってる。なんかそういうのってダサい。だからぼくは、真実を求めているクールな読者に向けてメディアを作りたいんだ。

「愛読ありがとう。たしかにぼくはそう信じてる」

「パパはいつもいうんだよね。なにごとも、だいじなのは誠実さだって。ぼくもそう思う。だから、みんなに誠実にほんとうのことを伝えてほしい」

白鳥神威の言う誠実さはうさんくさいけれど、ＫＪの言葉は素直だ。信じることにしようじゃないか。ぼくはただ自分が見たものを、ぼくの目を通して嘘偽りなく書くだけだ。

「そういやＫＪ、おめぇに聞きたいんだけどよ」

せっかくぼくの、ジャーナリスト魂が燃えてきたところだというのに、水をさすように吉本老人が口を出してきた。老人は前の座席からこっちを振り返って、

「どうだ！　ちんちん大きくなったか！」

と、にこやかにＫＪに笑いかけた。

ＫＪは涼し気な顔で聞いているけど、ぼくは正直不愉快だった。そう、この手のタイプ――押しが強く、下品なことを大声で喋《しゃべ》る大人――にはデリカシーという機能が備わっていない。子供を完全にナメているのだ。

「むきむき体操やってただろう。男はやっぱり皮かぶってちゃいけねえ。いまもやってるか、むきむき体操」

むきむき体操というのは、幼児期に男児のアソコの皮をむくことだ。そう、ＫＪは三歳のときに、自称むきむき体操の伝道師である保健師の手でむきむき動画を配信されてしまったのだ。後にむきむき事件とよばれることになった事件である。日本男児の何割かが仮性包茎であるというが、だからといってなにゆえにちんこの皮をむかれるところを、世界に向けて発信されなければならなかったのだろう。

完全なる黒歴史の一つ。しかし、ＫＪはふっと笑いながら遠い目で、

「なつかしいなあ。そういう時期もあったなあ」

まるでいい思い出を語るときのように外を見た。六歳児とは思えない対応。

「するってぇとなにか、もう今はやってねぇのか、むきむき体操」

窓から曇天を見据《みす》えながら、なにかを予言するようにKJが言う。

「時代が変わると、次の時代になる」

なるほど……と思ったが、よく考えるとあたりまえのことしか言っていない。

車内がしばしの沈黙に包まれると、フロントガラスにポツポツと雨のつぶが落ちてくる。道路脇に、「世界が驚くSUGOI!日本の病院」という文字とともに右の矢印がついた立て看板が見えた。

ほっとしたのもつかの間、車が矢印とは逆側——左に曲がった。

あれ?

身を乗り出して前方の運転席を見ると、老人はいつの間にか自動運転を切ってマニュアルで運転している。なんだか変だ。

「あの……、すいません。もしかしたら……ぼくの気のせいかも知れないんですけど、今の道、逆だったりしませんか?」

「おう、そうだったか?」

老人は口ではそう言いつつ、まったく戻る気を見せずに走り続ける。

「おらぁよお、この歳まで腕一本で稼いできた江戸っ子だ」

はあそうですか、となるべく老人を刺激しないように相槌を打つ。

「だけど最近じゃあなんだかわかんねえよその国からやってきたやつらが、この街で幅を利かせてやがる。俺たちの仕事を奪っちまうあいつらは東京から追い出すべきなんだよ。なあ？」

これはさすがに同意できない。外国人へのヘイトスピーチをする人には、取材で何度か会ったことがあるけれど、彼らの多くは、飽きもせずに誰かの悪口を何度も何度も繰り返す。だいたいこういう人たちには、どうやったって高度な思想なんて見当たらない。……というのは、まあちょっと言い過ぎかも知れない。だって、いまこの街にあふれてる老人たちの多くは、この吉本老人と同じようなことを考えているからだ。多数派が正しいとは思わないけれど、少数派が間違っているわけでもないんだ。ぼくはいつも、こういう事実のまえに戸惑ってしまう。

「でもいい人もいますから。ね、ＫＪ」

「うん。宇宙からエイリアンが来たらみんなで戦わないといけないからね」

ＫＪの回答はなんだかちょっとズレている気がしたが、要するにグローバルな視点でみんな団結したほうがいいってことだろう。

「……子供にはわかんねぇか」

吉本老人は苦いものを口に入れたような顔をして、舌打ちをした。前から思ってたけど、この舌打ちってやつは、ぼくの嫌いな意味なく血が出るホラー映画みたいに、やたらと人を不愉快にさせるだけでなにもいいことがない。そういうのは、ぼくらみたいな子供の前で見せるべきじゃない。

「あの、もう近いんで、おろしてくれませんか……」

「そうだったか」

きっぱりと決別を告げたせいか、あっさり車が停まった。最初からこうすればよかったのかも知れない。

「ありがとうございました」

ホッと息をついてとにかく急いで降りるため、ドアをあけようとするけれど思いっきりロックがかかっている。

「あのロックが……」

沈黙。

その一瞬の間で、これはどうも危険な雰囲気だぞ——ということがぼくにはわかってしまった。

「もうちょっと付き合えよ」

吉本老人がアクセルを踏み込んだせいで急発進した車が、イルカの鳴き声みたいに甲高い音を立てた。

†

車は路地裏の曲がりくねった狭い道に入り、いまどこにいるのかわからない。

ぶつぶつと低い声で何か言い続けている吉本老人の声を、なるべくＫＪの耳に入れないようにと、ぼくはそっと「雨が強くなってきたね」と彼にささやく。ＫＪは身を固くしてシートに背中をつけて、バチバチとフロントガラスを叩く激しい雨を見ている。

「焼肉みたいな雨だね」

ＫＪがぽつりと言った。音だけ聞いていると、たしかに肉が焼ける音に似ているかもしれない。本降りになってきた雨の中、老人が手を震わせて運転する車のＦＭラジオからはChance The Rapperの「Smoke Break」が流れている。ＣＤも出さず、レコード会社にも属さないのに世界のトップミュージシャンの座に登り詰めたラッパー。彼は新しいアメリカンドリームを体現したヒーローだった。けれど、夢を叶えられるのはひとにぎりの人間だけで、それは新しい宝くじが発売されたってことと変わらない。ぼくは買う気がないし、たぶんきっとこの老人もそうだろう。

どうにかして車から降りる方法を探らなきゃ……そう思っていたところで、隣のKJがなにかもごもごと口を動かしはじめた。

「なに食べてるの?」と聞くと、KJが「あっ」と声を上げて口からなにかを取り出す。

「歯がとれた」

白い歯を手のひらにのせてぼくに見せ、ポケットから出したハンカチにそれを包む。

「これとっとかないと。ジェシーに送らなきゃ」

ジェシーは【小学校プラン】1000万円(1人)を買ったアリゾナ在住の白人女性だ。マスコミが経歴を調べた結果、彼女は元有名ポルノ女優だってことがわかっている。

「幸運のお守りをつくるらしいよ」

ワールドワイドだった。クラウドとはいえ、歯の売買は違法にならないのだろうか。もはやキリストの触れた布を売るとか、そういう聖人レベルだけができる商売だ。

車が踏切で急停止する。

カンカンと鳴る踏切の音にあわせてぶつぶつ言いながらハンドルをゴンゴンと殴る老人はあきらかにおかしい。これ逃げないとやばいやつだよ……とKJに目配せすると、彼はとれたばかりの乳歯をいじりながら、「しばらく話をきこう」と、ぼくに提案した。

ドアは相変わらずロックされていて開かない。お尻の下に敷かれた、綿がへたった紺色の座布団がきもちわるい。

「KJ、おめぇの親父はとんでもねぇ悪党だ」

「パパ？」

目の前を銀色の電車がゆっくりと徐行する。車内は日焼けした肌に金髪カラコン、ラメ入りスーツのホスト風サラリーマンが詰め込まれ、そのあいだで、白髪交じりの老人が何人もつり革につかまって立っているのがみえた。

「見ろよ、日本はおかしくなっちまった。優先席に若者が座って、おれたちみたいな高齢者が除《の》け者《もの》にされる……なんでこんな目にあわなきゃいけねえんだろうな」

「大変そうだね」

「ああ、大変だよ。大変さ……おめぇの親父がはじめたチルドレンファーストってのは、ありゃおれたちに対する嫌がらせだ。年金を稼ぐのは若い世代だからって、電車やバスから高齢者の優先席をなくしやがるわ……俺たちを無視して外国人に仕事を斡《あっ》旋《せん》するわ。地方格差の解消だとか言って、農村に移住する高齢者に補助金を出すわ……あんなもん農奴《のうど》政策じゃねえか」

今、都心はかなり高齢者が生きづらい。神威が行っている政策は、老人たちのもともと持っていた権利をもぎとって、若者と子育て層にまわすものだからだ。団塊《だんかい》世代とかいわれてた高齢者はけっこうしぶとくて、定年すぎても働くし、リタイアするつもりがまったくないらしくて、おじいちゃんたちが若いサラリーマンに混じって働いてる姿はよく見かける。だけどその顔はあまり楽しそうなものじゃない。ほとんど意地とか、怒りで働いているみたいに見える。

「もしよぉ……おめぇの親父がこの国の総理大臣にでもなってみろ、東京だけじゃねえ……日本はもう終わりだ……わかるかＫＪ」

「あんまりわかんないけど、大変なんだね」

「そうなんだよ……大変さ」

電車が通過して踏切が開くと、また車は走り始める。

ぼくはKJにこっそり耳打ちする。「緊急通報したほうがいいかも……」だけどKJは、「ファウンダーズとはちゃんと話したいんだ」と、あくまで対話を続けるつもりらしい。

「貧乏でも、おらぁ幸せに暮らせてりゃ良かったんだよ……」

車内に流れつづけているラジオが、午後四時ちょうどを告げる。ヘッドラインニュースでは、男性キャスターがお台場で行われる、最新型ロケットの打ち上げの話題を紹介しはじめた。

――二〇〇二年に、アメリカの電子決済システムPayPalの前身X.com創始者、イーロン・マスクによって設立された「スペースX」は、民間でロケット開発に成功した数少ない企業でした。

もともとは人工衛星の打ち上げビジネスをやっていたんですよね、と女性キャスターが合いの手を入れる。

――そうです。そのうち「宇宙旅行もやれる」と確信して、研究を進めた結果、従来よりも安いロケットを開発しました。二〇一八年には、とある物好きな富豪が一〇億円払って、月を一周して戻ってきました。

――アメリカほどではありませんが、日本にもスケールのちがうお金持ちがいるみたいで、今回スペースXは、日本でも事業を開始。本日の夜、初の打ち上げというわけです。詳細は明らかにされていませんが、ロケットに積まれた簡易滞在キットで、何日か月面でも生活するのでは……と囁かれています。

「宇宙旅行だぁ？　おれたちが地べたで仕事してるときに……いい気なもんだなぁ」

同感だ。こんなときじゃなければ、ぼくだってそっちの取材に行きたいくらいだ。

もぞもぞとお尻をうごかしていると、なにかがガサッと動いた。

座っている座布団のなかになにかがつまっている……なんだろう、腰を浮かせてジッパーの部分をちょっとだけ開けてみると、なかで紙が散らばっているみたいだった。一枚抜いてみると、福沢諭吉の顔が見えた。なんでこんなところに一万円札があるんだろう？　座布団に手を突っ込むと、綿と一緒にバラバラのお札がつめてあった。

「おめぇ、それが何かわかるか」

嫌な予感しかしない。

「……そいつはなあ、投資金だよ……それ全部投資するんだよ。なあKJ」

「ぼくに投資してくれるんだ」

「そうだよKJ。おれの人生と汗が染み込んだ金……七六万三〇〇〇円ある」

「ありがとう。でも――」

KJの言葉をさえぎって吉本老人は声を強める。

「礼はいい。ファウンダーズはもう募集してねぇのも知ってんだよ」

ジャーナリズム精神を持ったぼくはどこまでもKJの取材を続けるつもりではあるが、老人の暗い目に背すじが寒くなった。ぼくはライブグラスに手をかける。こいつを作動させればぼくの視点でぜんぶが記録／配信される。

隣のKJに、「これは危険だよ。配信する」と耳打ちする。「だめだよ、もうちょっと待って」「……事件が起きてからじゃ遅いんだ。ぼくの意思で配信させてもらう」

そう言ってスイッチを入れる。

「なにこそこそ言ってやがんだ……警察呼んでも無駄だ。すぐに着く」

雨で濡れた路面をすべるように走りながら、車は西新宿のビル街に入り、正面ロータリーの植え込みに銀色の三角錐のモニュメントが四つ配された、ひときわ大きな建物の前で止まった。老人はカラーコーンの置かれた路肩に車を停止させる。

「ほら、着いた。ここがどこかわかるか」

「新宿都庁……ですよね」

二つのビルを真ん中でつなげたような凹の形をした高層ビルは、文字通り天をつくように威風堂々とそびえ立っていた。

ボンネットとフロントガラスを叩く雨の勢いが少し弱まる。空は濃い雨雲に覆《おお》われ、昼間とは思えないほど薄暗い。規則的に動くワイパーが曇った窓をぬぐうたびに外の景色が新しくなったり、古くなったりしているみたいだった。

「おらぁ子供の頃に東京オリンピックを見た。昭和三九年……中学生だった。あの頃はいい時代だった……この国には夢があったんだ。働けば働くほど豊かになった。バブル時代も天国だったよ。おらぁ二〇二〇年の東京オリンピックも楽しみにしてたんだ……それがあんなことになっちまった」

吉本老人は言葉を止めて、遠い目をした。バックミラーに映ったその頬に一筋、水滴が流れる。ＫＪは真剣にそれを聞いているようだけれど、ぼくはどうも集中できなくて、水槽の金魚みたいに目をきょろきょろさせてしまう。

老人が言っている「あんなこと」というのは、二〇二〇年の東京オリンピック中止のことだ。

神威はチルドレンファースト政策を最優先させ、オリンピックを中止。その予算を都内の保育園整備と、子育て世代の補助金としてばらまくことにした。この行為はオリンピック利権にからむ、あらゆる団体から猛バッシングを受けた一方、税金の無駄遣いをなくす究極の方法として、一部から熱狂的な支持を得た。

ただ、そのお金を「すばらしい日本のお手伝いさんを増やそうプロジェクト」として、受け入れた外国人にも与えたことには大きな反発があった。これによって都内の日本人雇用が目に見えて減った。

「新都知事の政策のせいで、子育て世代が優遇されるわ、外国人は増えるわで、おれら高齢者は仕事にあぶれちまった……。まあそれはまだいいさ。問題は同じように失業した、俺の息子だ。四〇過ぎて定職にもつかずコンビニのバイトしてる中卒のボンクラだったけどよう……その仕事すら外国人にとられちまった。子どもも嫁《よめ》もいない独り身がつらくなったのか、急に婚活とか始めやがったけど、誰にも見向きもされねえ。で、なにを思ったか、道端で怪しい薬売りつける妙な仕事に手出して逮捕されて。そのあと首くっちまった。わかるか。つまりあいつの政策のせいで、おれの息子は死んだんだよ……。おれの息子がどんな苦しみを味わったか……あいつと有権者たちに知ってもらわなきゃいけねえ」

老人の言うことは、ぜんぶがでたらめなわけじゃない。神威の政策のしわ寄せでいろいろな人が苦しんでいるのは確かだ。それなのに支持率はまだ五〇%。都政は完全に世代で分断されてしまった。老人が政治的なメッセージを発したくなってもおかしくはない。

「この金は、おれと一緒に三途《さんず》の川渡る駄賃だと思ってくれねぇか……」

「あの……どういうことですか……」

まさか——と思うぼくに、吉本老人は、

「突っ込むんだよ……こいつで……」

と眼前の都庁を睨みつけながらハンドルを握りしめる。

正気ではない……やつあたりもいいところだ。

「やめてください！」

「うるせえ……」

ぼくの叫び声も虚しく、小さく手を震わせながら老人はサイドブレーキを解除する。絶賛配信中のこの映像を見ている人は、きっとモニタの前でこの恐怖をぼくと同じように体験し、叫んでいるに違いない。

「こんなやりかたはおかしいですよ！　どうしてぼくらを巻き込むんですか！」

「あいつも……おれと同じように息子が死なねえとわかんねえんだよ！」

そのときだった、

「吉本さんまって」

ＫＪが口を開いた。

「このお金。現金じゃなくてWeiに変換しないと」

うぇい？　思わず老人が聞き返す。

「KIDS-FIRE内の電子通貨なんだけど……このカードリーダー対応してるかな」

そう言いながらポケットから金色に光るカードを取り出し、タクシーの座席と座席の間にある電子マネー読取機にかざすと「ウェーイ！」という軽薄な声がした。

「あ。できるね。じゃああとで、現金をこの電子マネーに変換してから振り込んでね」

うぇい……と吉本老人がつぶやいた。

再び激しくなった雨音が車内の沈黙を埋める。

パチンコ屋と漫画喫茶の宣伝トラックのにぎやかな歌声が、遠くから聞こえてくる。

気勢を削《そ》がれた吉本老人は、じっと動かない。

いつの間にかラジオは消されている。

老人は窓の外をしばらくじっと見て、「降りてくれ……」と、消え入りそうな声で言った。

ドアロックが外れる音がした。

ごくり、とつばを飲み込んで、ぼくはゆっくりドアを開ける。その瞬間、暴力的な雨音がざあざあと耳を打った。

まるで沈没しかけている船から逃げ出すみたいに、ぼくはＫＪに肩を貸してドアから急いで外に飛び出す。

転がり出たところは道路の真ん中で、後ろから走ってきた車のけたたましいクラクションと、ブレーキ音が悲鳴のように響く。ぼくらふたりはずぶ濡れのまま道路を這《は》う。アイウェアも雨で濡れて、視界がぼやけてよく見えない。ぼくは起き上がって小さなＫＪの腕をひっぱって、路肩に避難し、車からできるだけ離れようとする。

都庁のなかから、警備員らしき制服を着た人が何人か出てきてこちらを見ている。

ハンドルに頭をつけてうなだれていた吉本老人が、

「そっちのメガネ……おまえ、今、動画配信してんだろ……見とけよ。おれのメッセージを世間に伝えろ……」

と言ってバタンとドアを閉めた。

「まって」

ＫＪが手を伸ばしながら老人の車に向かっていく。

「行っちゃだめだＫＪ！」

ぼくはすぐに彼の手をつかまえる。ぼやけてめちゃくちゃになった視界と、肉が焼けるような激しい雨音のなかで、車がゆっくりとバックする。じゅうぶんに距離をとって、一度止まると、ヘッドライトが何度か点滅するのが見えた。

「離して！　たすけなきゃ！」

視界が曇っていて見えない。雨で滑って地面にころんだＫＪが、起き上がろうとするシルエットだけが見える。

「だめだＫＪ！　行ったら君が死ぬ！」

「え？」

役に立たないアイウェアを地面に投げ捨てると、ＫＪの顔がぼんやりと見えた。その表情には、これまで見たことがないほど強い「恐怖」の色が浮かんでいる。

死という言葉に反応したのか、凍《こお》りついたみたいにＫＪの足が止まっていた。彼はきっと自分でもどうして動けないのかわかっていないだろう。今まで、自分がなんでもできるスーパーマンだと思ってたのかもしれない。けど、そうじゃない。ぼくにはわかる。

アクセルが踏み込まれて、タイヤと地面がこすれる音が甲高く響く。

ＫＪの目がすっと動いて、ぼくと目があった。それは、とても弱い子供の目をしていた。

誰かを頼ろうとしている目だ。

気づくと彼のかわりにぼくが走っていた。

そして車と都庁のあいだに立つ。

なにも見えないはずの土砂降りの雨の中で、ぼくには見えた気がした。

車の前に立ちはだかったぼくを見て、驚いた顔をする吉本老人。

ブレーキ音。

ハンドルを切る。

ぼくの脇、ギリギリをかすめる車体。

一瞬の静寂のあと、車の横っ腹が都庁の壁にぶつかる大きな音と、フロントガラスが粉々に砕け散るきれいな音がした。

5

目の前では救急隊のひとたちが、心電図を見ながら騒がしく何かを言い合っている。

「搬送先……どこの病院もいっぱいです！」

救急車の後部座席の隅っこに、邪魔にならないようにちょこんと座ったぼくとＫＪは、頭からタオルをかぶって手を繋ぎ、ストレッチャーの上で酸素マスクを付けられている吉本老人を見守る。

「心停止……ＣＰＲはやく！　いいぞ……戻った」

「病院見つかりました」

「急げ！」

吉本老人は頭から血を流しながら、静かに呼吸をしていた。ぼくはじっとそれを見つめる。ＫＪの片方の手はぼく、もう片方は吉本老人の手を握っている。ずぶ濡れのＫＪが、「電池みたいだね……」と言った。ぼくらは確かに直列につながれた乾電池みたいだ。

老人とＫＪのやりとりは、ライブグラスを通じてぼくの目でみたまま、〈キャッチャー・イン・ザ・トゥルース〉の会員に配信されていた。雨で濡れた視界のせいでなにが起きているのか、はっきり見えないにしろ、起きていることが普通じゃないことくらいは誰にでもわかっただろう。動画を見ていた誰かが呼んだ救急車が、すぐにやってきて、ぼくらは今こうしてここにいる。

救急車が停止した。

ストレッチャーに乗せられた吉本老人が運ばれていく。付きそおうとしたぼくらの前に、警察のひとがやってきて、車にのせられていろいろなことを聞かれる。やっと服が乾いたころに、ぼくらは車から解放されて、病院の駐車場で立ち尽くした。吉本老人のことが気になったけれど、ＫＪの「さっき、手を握り返してくれたからだいじょうぶだよ」という言葉にほっとした。

それにしてもとんだドライブだった……。

「生きててよかった……」

返事がないのでどうしたのかと思いＫＪを見ると、じっと一点を見つめている。

「ねえ、ここって」

とＫＪが指差す方向を見ると、立派なホテルみたいな入り口があって、「世界が驚く SUGOI! 日本の病院」と書かれたブロンズ製の重そうなレリーフがかかっていた。

　ロビーに入ると、黒と赤のタキシードを着た吸血鬼じみた男が立っていた。資料で見たことがある。確か神威たちの店BLUE†BLOODの元店長の「男爵」って呼ばれている人だ。

「KJ、ずいぶん遅かったな」

「パパは？」

「上にいる。行こうか——そっちの君は？」

「堀田真です」

「記者だよ。ぼくの取材をしてるんだ」

「白鳥神威さんの秘書をされている……男爵さんですよね」

　男はミステリアスな笑みを浮かべてぼくにうやうやしく一礼すると、一緒に来るようにと手で合図してエレベーターへと向かう。

「誰かと会うの？」

「すぐにわかるよ」

ガラス張りのエレベーターの外には、新宿御苑の風景がひろがっている。傾いた夕日が、うすくなった雨雲をばらばらにして赤と黄色の光をまきちらす。「12」のランプがついて扉が開くと、そこは大理石と白い壁とパステル調の花が一面に飾られた不思議なフロアだった。まるで結婚式場のような赤い絨毯の敷かれた廊下を歩いて突きあたりの部屋の扉を開けたら、まぶしい光が差し込んできた。逆光のなかに一人の男が立っていた。

「良く来たな歌夢威」

正面には首都が一望できるガラス張りの窓、右側には病室へ続いているらしい扉がある。

「おまたせパパ」

「待たされることにストレスを感じるのは三流だ。カリスマは待つ時間を有効に使う」

なんでもポジティヴに肯定する、画面の向こうでしか見たことがない白鳥神威がそこにいた。神威は手にしたタブレットを男爵に渡すと、ネクタイを整える。思ったよりも背が高く、シワひとつない高そうなスーツに身を包んだその姿は、こうやって実際に見てもCGで描かれたキャラクターみたいだった。彼はぼくのほうを見て笑顔で握手を求めてきた。

「知ってる顔だ。確か、〈キャッチャー・イン・ザ・トゥルース〉の」

「堀田真です」

知られていることにちょっとびっくりしたけど、こういうのは人心掌握術の基本だろう。平常心で接するべきだ。

「さっき中継を見ていたよ。歌夢威を助けてくれてありがとう」

そう言ってぼくの手を握った。驚いた。この人も購読者か……。その存在感とたたずまいにぼくは生まれて初めて圧倒されそうになった。年齢がわからないつやつやした肌。金髪に不思議な色をたたえた瞳（カラコンだけど）。ファンタジーの世界から出てきた幻獣みたいだ。こういう大人がいるのか……。実際に会うとみんなが魅了されるのがわかる。

「奥で待ってるぞ」

誰が？　ぼくがそう聞く前に、神威は、右側の病室の扉を開いて中へはいる。

ぼくらもそれに続く。

消毒液の匂いが充満する部屋の中は、夕日の明るいオレンジ色に染められていた。

「ひさしぶりね」

薄いカーテンのむこうから、女の人の声がした。神威がカーテンをめくると、窓際の花瓶に活けられた赤いバラから、香水の残り香みたいな上品な香りが漂った。

「千草」

やつれた年輩の女性が、白い繭《まゆ》のようなベッドに寝そべっていた。西塔千草――【ゴッドファーザープラン】1500万円（1人）を買ったKJの名付け親だった。

KJがそばに寄って手を握る。その腕につながれている透明なチューブで、彼女がなにか重い病に侵されていることがわかる。

「来てくれてありがとう、歌夢威」

「今日で、もう会えなくなるからね」

ああ――そういうことか。あの制度だ――ぼくには思い当たるふしがあった。

今年から、治療の見込みがない患者と後期高齢者に対して、自ら希望している場合のみ実験的に安楽死制度の導入がはじまった。先端医療を誇るすごにち病院は、その指定病院になっている。彼女はおそらくその制度を使うのだろう。

ぼくは、どうしてこの外出中にKJが撮影されていないのかわかった。おそらく、この外出のあいだだけ、この人が自分の死を撮影されることを嫌がったんだろう。K

Jはこのことがきっかけで、自分の死体も撮影されるべきじゃないって思ったんだ。

「私は誇りに思うわ。あなたに——生と死を教えられることを。ねえ、死ぬって、どういうことかわかる？」

「前に、教えてもらったときから、かんがえてたんだ……まだよくわからない。でも……」

「でも？」

「悲しい、ってことはまちがいないみたい」

千草さんは黙って視線を天井にさまよわせたあと、言った。

「どうかしらね。死にはいろいろな意味があるのよ。わかる？」

「むずかしいね」

「むずかしいわ。でもそういうものよ。簡単な話にしちゃだめ」

陽がどんどんかたむいているのだろう、部屋に差し込んだオレンジの光に藍色が混じってくる。

「いい？　死がほかのものとちがうことがひとつだけある。それは、誰も死んだことがないってことよ。二度と戻すことができない。コピーも、巻き戻しも、誰かに体験してもらうことも、できないのよ」

ぼくには彼女の言ったことがよく理解できた。それは母が死んで以来ぼくが常々考えていたことだったから。ＫＪも「うん」と強くうなずいた。

「私の病気は治らないし、ほっといても死ぬわ。でも、どうして私が自分の意思で人生を終わらせたいのか、それはきっと誰にもわからない」

「あたまのなかはみえないから」

「ちがうわ。たとえ頭の中を見ても、私を生きていない人にはわからない」

わかる——気がする……でも、わかるって言っちゃいけない気がした。

「ねえ、千草は、消えたいって思ったことある？」

「あったわ。とても若い頃。夜に薬を飲んで、強い酒をあおって、これで朝が来なかったら終わってもいい。そう思ったけど生きていた」

「でも、今日は本当に消えるんだね」

ええ、とまるで楽しそうな顔で笑った。

「あなたにもそのうち、そんな日がくるでしょうね。そのとき、あなたは何を考えるのかしらね」

そう言ってＫＪを見て、次にぼくを見た。その視線はまるでぼくを突き抜けて別の場所を見ているみたいだった。ちょうど、そうだな、Ｘ－ＭＥＮに出てくるエマ・フロストっていうキャラクターを思わせた。テレパシーでぼくの頭の中に語りかけてきそうな感じ。ＫＪの考えているプロジェクトも、すでに見透《みす》かされているような気がした。

「ねえ、神威。窓を開けて少し風を入れてくれる？」

神威が彼女のベッドの後ろにあるロールスクリーンを上げて、レバーを引いて窓を半分だけ押し開けると、そのすきまから雨が止んだあとの濡れた土や植物やアスファルトの匂いがした。

「バラがきれいだね」

ＫＪが、窓際の赤いバラを見てそう言った。かすかな車の排気ガスと、病院のまわりに整備された緑地から生み出されるきれいな酸素、その両方が混じった東京の空気を吸って咲いた赤いバラは、綺麗なオブジェみたいに見えた。

「どんな色？」

首を傾《かし》げながらＫＪにそうたずねる千草さんの顔を、ぼくは奇妙な気分で見た。そして、あることに気づいた。さっき、見られたときに感じた違和感の正体がわかった

――この人は、目が見えていないのだ。

「赤。きれいな赤だよ。げんきにさいてる」

ＫＪが花びらをなでながらそう言うと、彼女は笑った。

「目が見えない病人だからって嘘言ってない？　本当は枯れてる――なんて泣ける話じゃないわよね」

「本当にさいてるよ」

「あなたがそう言うなら、信じるわ」

窓から吹いてきた風とともに、ぶん、と虫の羽音が聞こえた気がした。

千草さんが歌う。

ぶんぶんぶん　はちが　とぶ
あさつゆ　きらきら
野ばらが　ゆれるよ
ぶんぶんぶん　はちが　とぶ

彼女は気づいていない。透明なガラス窓の向こうに、羽虫のように浮かんでいる、無数のドローンに。それは、きっとどこからか話を聞きつけてきた週刊誌やゴシップ誌のものだろう。

神威がそっと窓を閉め、ロールスクリーンを下ろす。

「眠くなってきたわ……じゃあね、カムイ。いい人生を送りなさい、私みたいに」

どちらのカムイに言ったのかわからないまま、彼女が目を閉じると、どこからともなく入ってきた白衣の医者がぼくらにカーテンの外へ出るよう目配せする。ＫＪが彼女に「じゃあね」と別れを告げ、ぼくらはみんな部屋から出る。

「最後にお願い」

ベッドから小さな声がした。

「泣かないで。人が死んで泣いたり笑ったりするなんて、それこそありきたりすぎるじゃない」

言葉とともに、扉が閉まった。

†

エレベーターの中では誰も口を開かなかった。心は、なにか深いものに触れたときの、崇高《すうこう》で重々しい気持ちに満たされていた。男爵は涙がこぼれないように黙って上を向いていた。泣くことも、笑うこともできなくて、どうしたらいいのかわからないのはたぶんみんな同じだ。

ぼくはじっとＫＪを見つめる。かためられた彼の拳と、隣で神威がぎゅっとにぎりしめている手の形がそっくりだった。

エレベーターがロビーに着くと、ＫＪも神威も、ウソのようにいつもの冷静な顔に戻っていた。

「いこうか、神威。そろそろ局に入る時間だ」

男爵が神威の背中をかるく叩く。

「そうだな。ＫＪ、俺達は今晩、ある番組に出演する。それ次第で明日の選挙の結果が変わるかもしれない」

珍しく、その表情に影が見えた。

それはそうだろう。世間にはまだ神威たちを支持する層がいるとはいえ、チルドレンファースト政策のひずみはところどころに現れている。明日の選挙の結果は五分五分というところだ。

今から出演する番組はたぶん、荻窪リキがメインパーソナリティをやっている、夜のニュース番組だ。影響力がある全国放送。

荻窪は神威が都知事になった頃から、彼の動向に目を光らせてその政策を厳しくチエックしてきた。奇策と詭弁《きべん》と運でなんとかこれまでやってきた神威たちにも、そろそろボロが出ている。政治っていうのは、敵と味方をはっきりさせることが重要だ。そこのところに関して、神威は完璧だった。だけど、その敵と味方の割合はいつだって変化する。弱者がいつのまにか強者になっていることだってあるんだ。

既得権益のホルダーだった老人たちは、都内ではいまや完全なる弱者だ。弱者への共感力の高い荻窪は、今日の番組で神威の主張を徹底的に攻撃するだろう。かつて荻窪のやっていた番組「ミッション22」には、彼らを作り上げた責任がある。だからこそ荻窪は神威に引導を渡す。そして神威は昔と違ってそれには勝てない。

ＫＪが言う。

「男爵。明日のバトルはどうなるの。ぼくがテレビにでれば勝てる？」

「どうだろう」

男爵は言葉を濁《にご》したけど、本音では出て欲しいだろう。第一回目の選挙で、ＫＪの存在が票集めに役立ったのは間違いない。連れていけば勝ち目はある。神威もＫＪもそのことをわかっているはずだ。

神威はおもむろにＫＪの前にしゃがんで、彼の顔をじっと見つめる。

「言っておくが、おまえを利用して票をかせぐことは考えてない。負けても俺は俺という人間だ。なにも変わらない。だが、おまえを利用したら俺は俺ではなくなる」

意外なことを言われたって感じで、ＫＪは目を丸くした。

「俺は自分に誠実に生きてきた。だけど、愛がなんなのか、今もずっとわからない」

ネクタイをゆるめて、深呼吸しながら遠くを見つめる。

「おまえを育てようと思ったあのとき、俺は孔明に聞いた。愛なしで子供を育てることができたら、どうなるんだって。そしたら、あいつは、それはたぶん愛と見分けがつかないって答えた」

神威は可笑《おか》しそうに口元をゆるめて、

「今は、そんなことはどうでもいい」

とＫＪの手を握った。

「俺とおまえの関係は愛なんかよりも自由だ」

ＫＪの目が驚きに見開かれ、やがてゆっくりと口元がゆるんだかと思うと、カーディガンの袖《そで》で顔を覆って、声を押し殺して泣いた。その態度を見てぼくは気づいた——たぶん、ＫＪはいままで父親にどう思われているのか、ずっと気になっていたんだろう。

「あの、感動的なところすいません……」

神威たちがぼくを見た。背筋を伸ばしてまっすぐ、神威と視線をあわせる。

ぼくは、どうしても、ひとことだけ言いたかった。

「神威さん……。あなたは子供のことを考えてるっていうけど、それはちがいます」

最初の頃の彼は純粋だったかもしれない。けれど、今はなにかがズレている。それがぼくにはわかる。

「あなたが考えてるのは、子供の親たちのことです」

これだけは言わないと。

「それはぼくらじゃない。あなたはぼくらのことがわかっていない」

言えた。

神威が男爵と顔を見合わせて、しばらく考えてぼくに言った。

「君の意見はわかる。でも、それは理想だ。現実には、幸せな親たちが少なすぎる。俺は親たちを幸せにすることで、子供を幸せにする」

「だけど――」

「彼らを救うことが君たちを救うことになる。それが俺の誠実さだ」

「……それでも」

子供だからなにもできないなんて変だ。ぼくらにだって、なにかを決められるはずなんだ。けれど、こんなふうに言われると、ぼくら子供にはなにも言い返せない。

「悪いな。まだ君たちの出番じゃないんだよ」

そう言って肩を叩かれた。ぼくは神威のことを軽薄で詭弁だらけの人間だと思っていた。だけど実際に見てしまうと、その判断に自信が持てなくなってくる。いろいろなものを取材していると、こういうことはよくある。

「ぼくは、ちゃんと見張ってますから」

今の自分には、こう言うのが精一杯だ。

「ああ、見ていてくれ」と神威が背筋を伸ばした。

「でも」と――KJが不安そうに神威にたずねる。「明日、負けたらどうするの?」

「なにも変わらない。俺は俺として生きるだけだ。負けても生きていかなきゃいけないんだよ」

神威が笑う。そして、時計を見て男爵と目を合わせ、またKJに向き直る。

「遅くなるが夜には帰る。夕食はなにがいい」

KJははっと口をつぐむ。そのとき、ぼくは思い出した。KJは今日、消える。だとしたら、これが最後の別れになる。

言葉に詰まったKJのことを不思議そうな顔で見ていたかと思うと、神威は「じゃあ後でな」と立ち去ろうとする。

ぼくは最後に、神威の前に立って、もう一言だけ。

「神威さん。それでも、ぼくらの未来はぼくらが作る」

そう言い放った。

「期待してる」

そのまま一度も振り返らず、神威はロビーをまっすぐ横切ると外に待っているリムジンに乗って去っていった。

KJに近づいて、ぼくは言った。

「最後の仕上げだね。プロジェクトM。どうやって消える？」

KJはじっとぼくを見ていた。そして、なにかをあきらめたように頭を横に振る。

「作戦へんこうしよう」

「え？」

「まことくん。ぼく、おじいさんの車をとめようとしたあのとき、うごけなかったんだ……」

ああ――ぼくはその言葉ですべて理解した。なんとなく、どこかでこうなる気がしていた。

死っていう限界を目の当たりにして、KJはこれまでと別の存在になろうとしている。全能感だけで生きられた、幸せな時代が終わりかけているんだ。ぼくには痛いほどそれがわかる。なぜなら、それは、ぼくの母が死んだ時に、ぼくが感じたことだったから。

「ぼくだって、君を守らないといけないと思って必死だっただけさ」

「だけど、それでも……ぼくはうごけなかったんだよ」

ただ見ることと、やることのあいだには、とてもとても深い谷がある。それこそ底が見えないくらい。だけど、それをもし一度でも飛び越えられたら、その谷っていうのは実はなかったんだってことに気づく。

「KJ。うまく言えないけど……なんていうか、できるからすごくて、できないからダメだってわけじゃないいんだよ」

小さな新聞を作るだけでも知ったことがある。体験したからえらいとか、当事者じゃないと書けないとか、とにかくやるやつがすごいとか言う人が多いけど、そういうのはちがう。やれなかった人だって、その理由があるし、やれた人にだって理由がわからないこともある。

「ぼくは、結果や体験だけにしばられることすら、軽やかに飛び越えちゃうような、そういう視点を求めてる」

伝えるってことはいつも難しい。最善を尽くしても最後は受け取る側の問題だ。KJはゆっくりと呼吸を整える。

「まことくん、吉本さん、千草、パパ、今日のみんなを見てわかったことがある」

彼はなにかを飛び越えようとするみたいに、深く息を吸い、吐き出すように言った。

「消えたら、なにもかえられない。それじゃやだめだ。未来をつくれない」

ふう、とすっきりした顔を見せる。

「ぼくを見ている人たちが、死んだぼくを見て悲しむのがいやだった。けれど、まちがってた。死は、ぼくのものなんだ。ぼくが生きて、死なないといけない。人のものじゃないんだよ」

そんなことにいまさら気づいたのかい？——なんて言うやつがいたら、そいつはなにもわかってない。どんなくだらない当たり前のことだって、それをどうやってつかみ取ったかが大事なんだ。そして、ぼくは彼がそれをつかみ取るところをずっと見ていた。

そのとき、

「堀田真」

いきなり背後から名前を呼ばれた。

「よお。ご苦労様だな」

振り返ると三國孔明が立っていた。

「遅いから迎えに来たぜ。行こうぜＫＪ。おまえの言った通りのアレ、準備したぞ」

「プロジェクトＭは中止だよ」

「は……？　待てよ。本気か？　おまえ、ちゃんと考えろよ……アレにいくらかかったかわかってんのか？」

「全部リセットするなんてのは子供のやることだってわかったんだよ。大人は、失敗しても最後まで生きるんだ」

「おいおい、ここでリセットしたほうが人生楽だぞ。考え直せよ」

まるで悪魔の囁きだ。

KIDS-FIREの歴史を調べてみると、本当に誰が悪で誰が善なのか混乱してくる。そのなかでもこの人は、本当にわからない。ある意味で神威とこの人が出会ってしまったことですべてが始まった。

「ぼくはぜんぶこのままでいい。うまくやってみせる」

　KJの顔に神威の面影がダブった。

「つまんねえの……お前も大人になっちゃったんだな。前に言っただろ、理想と現実を一致させつづけるのが子供だって。もっと夢見ろよ」

　孔明が心の底から残念そうに言った。誰もが大人になるなかで、この男だけはいつまでも子供でいる。確かにそれは稀有な才能なのかもしれない。けれどぼくは孔明の意見には同意できない。

「ちがいますよ」

「なにが違う？」

「大人とか子供とかじゃないんです」

　そうなんだよ。そこがまず違っていたんだ。簡単なことだ。

　ぼくは孔明にはっきりと言う。

「あなたとKJとぼくはちがう人間っていうだけのことですよ」

　なに言ってんのかぜんぜんわかんねえ——そう言って、孔明は呆れ顔でやれやれとぼくらを見る。

　そのとき、ぼくの腕に巻いたスマートバンドのアラームが鳴り響いた。

「あ。時間だ……そろそろ塾いかなきゃ」

ぼくには、未来のためにやることがいろいろある。

「しょうがねえな。堀田真、駅まで送ってってやるよ」

孔明とぼくとＫＪはロビーから出て、タクシーに乗る。


ぼくら三人は孔明を真ん中にして後部座席に座った。

走り出した車の窓から見える外はもう薄暗くて、すこし開いた窓から次の季節の匂いがまじった、あたたかい風がはいってくる。

隣を見ると孔明は口を開けたまま眠っていた。

アスファルトをなでるタイヤが立てる、くぐもったホワイトノイズを聴きながら、窓の外に右手を少し出す。反対側を見ると、ＫＪも同じように外に手を出していた。

風のやわらかい感触が心地いい。


千駄ケ谷駅の前で停止したタクシーから降りると、ぼくとＫＪは握手する。

「じゃあ、またね」

「ＫＪ、ぼくらはなにかを変えられるかな」

「もちろんさ」

力強い言葉だ。ＫＪがぼくに聞く。

「まことくんは、真実をつかまえた？」

ぼくは胸を指差して答える。

「ここにちゃんとある。ところで、」

ぼくはずっと知りたかったことを聞く。これがこの取材を締めくくる質問だ。

「なに？」

「プロジェクトＭってなんだったの？　最後にどうやって消えるつもりだったの？」

ＫＪは隣の孔明と顔を見合わせてにんまりと笑って、お台場のほうを指差し、

「月さ」

と言った。

「ぼく、星になろうと思ったのさ」

その瞬間、プロジェクトＭの「Ｍ」の意味がわかった。

ああ……そうか、そうだったんだ。

タクシーのなかで聞いたロケット打ち上げのニュース。

キャスターが言っていた、スケールの違うお金持ちっていうのは、ＫＪのことだっ

たのか……。

「そりゃ月まで行けば姿を消すことは可能だ！　取材できなくて残念だな。え……でも、どうするの？　旅行はキャンセルできるの？」

「大丈夫だよ」と、こっそりぼくに耳打ちする。

「これは秘密だけど、孔明を乗せようと思う。そうすれば、しばらくぼくのまわりも静かになるしね。月に新しい保育園でも作ってもらうよ」

それはＫＪのジョークだったのかも知れない。だけど、なんだか夢のある話じゃないか。

「まことくん。ぼくはね、《レジェンド・オブ・赤ちゃんプロジェクト》で売られなかった、大事な権利がひとつだけあることにきづいたんだ。なんだとおもう？」

「なんだろう……」

「ぼくの死だよ。パパも孔明も、ぼくの死については考えていなかったんだ。過去も、いまも、死だけはぼくのものだ。それさえあれば、ぼくは生きられる気がする」

それを聞いてぼくは、きっとＫＪは自分にとっての真実を手に入れたんだなと思った。

じゃあね、と、孔明を伴ったＫＪが千駄ケ谷駅の前から保育園に続く道を歩きだす。

駅から南に伸びた道の先に、大きな建物が見える。世界一の大きさを誇る、スタジアム規模のメガ保育園。

それが〈すばらしい日本の保育園〉——かつての新国立競技場だ。

オリンピックを中止したあと、神威は建設途中だった新国立競技場をこの保育園に改装した。古い世代がもういちど見ようとしていた夢の上に、新しい夢が作られたんだ。けれど、そのことはいまもなかなか理解されない。されるには、まだ長い時間がかかるんだろう。

こんな短い時間でも、物事はめまぐるしく変化する。

真実は一瞬の光みたいに、見えたり見えなかったりする。言葉の速度でそれを捕まえることはとてもむずかしい。だから、この記事がうまく書けているのかどうか判断するのもまた、すごくむずかしい。

気づいているだろうけど、この記事は未完成だ。本当ならこれはＫＪが消えるまでの物語になるはずだった。計画は中途半端だったし、うまくいかなかった。

それでも、ぼくにできることは、投げ出さずにぼくの見た真実を書くことだけだ。

彼のことなら、誰でも、なんでも知ることができる。

その光る小さな窓に、君の疑問を入れてみればすぐになんでも答えはかえってくる。

†

だけど君にも知らないことがある。

ぼくにも、知ることができないことがある。

人生は「生きてみないとわからない」。だけど、生きてみてもわからないことがある。真実っていうのは、そういうものだ。

メディアっていうのは、人になにかを伝える。

でも、それは正しく伝わらない。様々な人に誤解され続ける――〈KIDS-FIRE.COM〉がそうだったように、〈キャッチャー・イン・ザ・トゥルース〉もきっと。

けれど一方でそれは、もうひとつの可能性を示しているんじゃないだろうか。

それは、
まちがった人でも、正しさにたどり着くという可能性。

ぼくはそうした可能性を信じ続ける。
正しい人だけが正しい答えを出す世界なんてつまんないじゃないか。
ぼくはこれからも多くのまちがいに出会うだろう。
だけどいつもそこに、希望があることを知っている。
それが、ぼくの見つけた真実だ。
だからぼくらは、安心してまちがえていい。
そしていつか、そのまちがいを、笑いながら語り合えるときがくればいいと思う。

本書は二〇一七年七月、小社より単行本として刊行されました。

|著者| 海猫沢めろん　1975年、大阪府生まれ。兵庫県姫路市育ち。2004年『左巻キ式ラストリゾート』でデビュー。2011年『愛についての感じ』で野間文芸新人賞候補。2018年『キッズファイヤー・ドットコム』で第59回熊日文学賞受賞。

キッズファイヤー・ドットコム

海猫沢《うみねこざわ》めろん

講談社文庫

定価はカバーに
表示してあります

2020年３月13日第１刷発行

発行者――渡瀬昌彦
発行所――株式会社　講談社
東京都文京区音羽2-12-21　〒112-8001
電話　出版（03）5395-3510
　　　販売（03）5395-5817
　　　業務（03）5395-3615

デザイン―菊地信義
本文データ制作―凸版印刷株式会社
印刷―――豊国印刷株式会社
製本―――株式会社国宝社

Printed in Japan

ISBN978-4-06-514896-9

JASRAC出2001501-001

講談社文庫刊行の辞

二十一世紀の到来を目睫に望みながら、われわれはいま、人類史上かつて例を見ない巨大な転換期をむかえようとしている。

世界も、日本も、激動の予兆に対する期待とおののきを内に蔵して、未知の時代に歩み入ろうとしている。このときにあたり、創業の人野間清治の「ナショナル・エデュケイター」への志を現代に甦らせようと意図して、われわれはここに古今の文芸作品はいうまでもなく、ひろく人文・社会・自然の諸科学から東西の名著を網羅する、新しい綜合文庫の発刊を決意した。

激動の転換期はまた断絶の時代である。われわれは戦後二十五年間の出版文化のありかたへの深い反省をこめて、この断絶の時代にあえて人間的な持続を求めようとする。いたずらに浮薄な商業主義のあだ花を追い求めることなく、長期にわたって良書に生命をあたえようとつとめるところにしか、今後の出版文化の真の繁栄はあり得ないと信じるからである。

同時にわれわれはこの綜合文庫の刊行を通じて、人文・社会・自然の諸科学が、結局人間の学にほかならないことを立証しようと願っている。かつて知識とは、「汝自身を知る」ことにつきていた。現代社会の瑣末な情報の氾濫のなかから、力強い知識の源泉を掘り起し、技術文明のただなかに、生きた人間の姿を復活させること。それこそわれわれの切なる希求である。

われわれは権威に盲従せず、俗流に媚びることなく、渾然一体となって日本の「草の根」をかたちづくる若く新しい世代の人々に、心をこめてこの新しい綜合文庫をおくり届けたい。それは知識の泉であるとともに感受性のふるさとであり、もっとも有機的に組織され、社会に開かれた万人のための大学をめざしている。大方の支援と協力を衷心より切望してやまない。

一九七一年七月

野間省一

講談社文芸文庫

つげ義春
つげ義春日記
解説＝松田哲夫
つK1
978-4-06-519067-8

昭和五〇年代、自作漫画が次々と文庫化される一方で、将来への不安、育児の苦労、妻の闘病と自身の不調など悩みと向き合う日々をユーモア漂う文体で綴る名篇。

稲垣足穂
稲垣足穂詩文集
編・解説＝中野嘉一・高橋孝次　年譜＝高橋孝次
いY1
978-4-06-519277-1

前衛詩運動の歴史的視点からイナガキタルホのテクストを「詩」として捉え、編まれた、大正・昭和初期の小品集。詩論・随筆も豊富に収録。

講談社文庫　目録

上田秀人　天主信長〈表〉〈我こそ天下なり〉
上田秀人　天主信長〈裏〉〈天を望むなかれ〉
上田秀人　波乱〈百万石の留守居役（一）〉
上田秀人　思惑〈百万石の留守居役（二）〉
上田秀人　新参〈百万石の留守居役（三）〉
上田秀人　遺臣〈百万石の留守居役（四）〉
上田秀人　密約〈百万石の留守居役（五）〉
上田秀人　使者〈百万石の留守居役（六）〉
上田秀人　貸借〈百万石の留守居役（七）〉
上田秀人　参勤〈百万石の留守居役（八）〉
上田秀人　因果〈百万石の留守居役（九）〉
上田秀人　忖《そん》度《たく》〈百万石の留守居役（十）〉
上田秀人　騒動〈百万石の留守居役（十一）〉
上田秀人　分断〈百万石の留守居役（十二）〉
上田秀人　舌戦〈百万石の留守居役（十三）〉
上田秀人　愚劣〈百万石の留守居役（十四）〉
上田秀人　梟《ふくろう》の系譜〈宇喜多四代〉
上田秀人　竜は動かず　奥羽越列藩同盟顛末 〈（上）万里波濤編　（下）帰郷奔走編〉
内田樹　下流志向〈学ばない子どもたち　働かない若者たち〉
内田樹／釈徹宗　現代霊性論
上橋菜穂子　獣の奏者〈Ⅰ闘蛇編〉
上橋菜穂子　獣の奏者〈Ⅱ王獣編〉
上橋菜穂子　獣の奏者〈Ⅲ探求編〉
上橋菜穂子　獣の奏者〈Ⅳ完結編〉
上橋菜穂子　獣の奏者〈外伝　刹那〉
上橋菜穂子　物語ること、生きること
上橋菜穂子　明日は、いずこの空の下
上橋菜穂子原作／武本糸会漫画　コミック　獣の奏者Ⅰ
上橋菜穂子原作／武本糸会漫画　コミック　獣の奏者Ⅱ
上橋菜穂子原作／武本糸会漫画　コミック　獣の奏者Ⅲ
上橋菜穂子原作／武本糸会漫画　コミック　獣の奏者Ⅳ
上田紀行　ダライ・ラマとの対話
上田紀行　スリランカの悪魔祓い
嬉野君　妖怪極楽
嬉野君　黒猫邸の晩餐会
上野誠　天平グレート・ジャーニー〈遣唐使・平群広成の数奇な冒険〉
うかみ綾乃　永遠に、私を閉じこめて
植西聰《あきら》　がんばらない生き方
海猫沢めろん　愛についての感じ
遠藤周作　ぐうたら人間学
遠藤周作　聖書のなかの女性たち
遠藤周作　さらば、夏の光よ
遠藤周作　最後の殉教者
遠藤周作　反逆（上）（下）
遠藤周作　ひとりを愛し続ける本
遠藤周作　深い河《ディープ・リバー》
遠藤周作　周作塾〈読んでもタメにならないエッセイ〉
遠藤周作　新装版　海と毒薬
遠藤周作　新装版　わたしが・棄てた・女
江波戸哲夫　新装版　銀行支店長
江波戸哲夫　集団左遷
江波戸哲夫　新装版　ジャパン・プライド
江波戸哲夫　起業の星
江波戸哲夫　ビジネスウォーズ〈カリスマと戦犯〉
江上剛　頭取無惨
江上剛　不当買収
江上剛　小説　金融庁

江上　剛　絆
江上　剛　再　起
江上　剛　企　業　戦　士
江上　剛　リベンジ・ホテル
江上　剛　起　死　回　生
江上　剛　瓦礫の中のレストラン
江上　剛　非　情　銀　行
江上　剛　東京タワーが見えますか。
江上　剛　慟　哭　の　家
江上　剛　家　電　の　神　様
江上　剛　ラストチャンス　再生請負人
江國香織　真昼なのに昏《くら》い部屋
江國香織・文　松尾たいこ・絵　ふ　り　む　く
M・モーリス　江國香織訳　宇野亜喜良絵　青　い　鳥
江國香織他　100万分の1回のねこ
遠藤武文　プリズン・トリック
遠藤武文　パワードスーツ
遠藤武文　原　調
円城　塔　道化師の蝶

大江健三郎　新しい人よ眼ざめよ
大江健三郎　取り替え子《チェンジリング》
大江健三郎　鎖国してはならない
大江健三郎　言い難き嘆きもて
大江健三郎　憂い顔の童子
大江健三郎　河馬に噛まれる
大江健三郎　M/Tと森のフシギの物語
大江健三郎　キルプの軍団
大江健三郎　治　療　塔
大江健三郎　治療塔惑星
大江健三郎　さようなら、私の本よ！
大江健三郎　水　死
大江健三郎　晩年様式集《イン・レイト・スタイル》
小田　実　何でも見てやろう
沖　守弘　マザー・テレサ〈あふれる愛〉
岡嶋二人　あした天気にしておくれ
岡嶋二人　開けっぱなしの密室
岡嶋二人　ちょっと探偵してみませんか
岡嶋二人　そして扉が閉ざされた

岡嶋二人　どんなに上手に隠れても
岡嶋二人　タイトルマッチ
岡嶋二人　解決まではあと6人〈5W1H殺人事件〉
岡嶋二人　眠れぬ夜の殺人
岡嶋二人　コンピュータの熱い罠《わな》
岡嶋二人　殺人！ザ・東京ドーム
岡嶋二人　99％の誘拐
岡嶋二人　クラインの壺
岡嶋二人　増補版　三度目ならばABC
岡嶋二人　ダブル・プロット
岡嶋二人　新装版　焦茶色のパステル
岡嶋二人　チョコレートゲーム　新装版
岡嶋二人　新版　七日間の身代金
太田蘭三　殺《さっ》・風《ぷう》景《けい》〈警視庁北多摩署特捜本部〉
太田蘭三　虫も殺さぬ〈警視庁北多摩署特捜本部〉
太田蘭三　口唇紋〈警視庁北多摩署特捜本部〉
大前研一　企業参謀　正・続
大前研一　やりたいことは全部やれ！
大前研一　考える技術

講談社文庫　目録

クァク・ジェヨン原案 鬼塚　忠著　風の色
おーなり由子　きれいな色とことば
岡崎琢磨　病弱探偵〈謎は彼女の特効薬〉
小野寺史宜《ふみのり》　その愛の程度
海音寺潮五郎　新装版 江戸城大奥列伝
海音寺潮五郎　新装版 孫子(上)(下)
海音寺潮五郎　新装版 赤穂義士
海音寺潮五郎　列藩騒動録(上)(下)〈レジェンド歴史時代小説〉
加賀乙彦　新装版 高山右近
加賀乙彦　ザビエルとその弟子
柏葉幸子　ミラクル・ファミリー
勝目　梓　小説家
勝目　梓　死《しに》支《じ》度《たく》
勝目　梓　ある殺人者の回想
鎌田　慧　残夢〈大逆事件を生き抜いた坂本清馬の生涯〉
桂　米朝　米朝ばなし〈上方落語地図〉
笠井　潔　梟《ふくろう》の巨《おお》なる黄昏《たそがれ》
笠井　潔　青銅の悲劇(上)(下)〈瀕死の王〉
川田弥一郎　白く長い廊下

神崎京介　女薫の旅 激情たぎる
神崎京介　女薫の旅 奔流あふれ
神崎京介　女薫の旅 陶酔めぐる
神崎京介　女薫の旅 衝動はぜて
神崎京介　女薫の旅 放心とろり
神崎京介　女薫の旅 感涙はてる
神崎京介　女薫の旅 耽溺《たんでき》まみれ
神崎京介　女薫の旅 誘惑おって
神崎京介　女薫の旅 秘に触れ
神崎京介　女薫の旅 禁の園へ
神崎京介　女薫の旅 欲の極み
神崎京介　女薫の旅 青い乱れ
神崎京介　女薫の旅 奥に裏に
神崎京介　女薫の旅 大人篇
神崎京介　女薫の旅 背徳の純心
神崎京介　I LOVE
神崎京介　美人と張形〈四つ目屋繁盛記〉
加納朋子　ガラスの麒麟
加納朋子　ぐるぐる猿と歌う鳥

かなざわいっせい　ファイト！〈麗しの名馬、愛しの馬券〉
鴨志田　穣　遺稿集
角岡伸彦　被差別部落の青春
角田光代　まどろむ夜のUFO
角田光代　夜かかる虹
角田光代　恋するように旅をして
角田光代　エコノミカル・パレス
角田光代　ちいさな幸福〈All Small Things〉
角田光代　あしたはアルプスを歩こう
角田光代　庭の桜、隣の犬
角田光代　人生ベストテン
角田光代　ロック母
角田光代　彼女のこんだて帖
角田光代　ひそやかな花園
角田光代他　私らしくあの場所へ
川端裕人　せちやん〈星を聴く人〉
川端裕人　星と半月の海
片川優子　ジョナさん
片川優子　明日の朝、観覧車で

片川優子　ただいまラボ
神山裕右　カタコンベ
神山裕右　炎の放浪者
加賀まりこ　純情ババァになりました。
門田隆将　甲子園への遺言〈伝説の打撃コーチ高畠導宏の生涯〉
門田隆将　甲子園の奇跡〈斎藤佑樹と早実百年物語〉
門田隆将　神宮の奇跡
柏木圭一郎　京都大原　名旅館の殺人
鏑木　蓮　東京ダモイ
鏑木　蓮　屈折光
鏑木　蓮　時限
鏑木　蓮　真友
鏑木　蓮　甘い罠
鏑木　蓮　京都西陣シェアハウス〈憎まれ天使・有村志穂〉
鏑木　蓮　炎罪
川上未映子　そら頭はでかいです、世界がすこんと入ります
川上未映子　わたくし率　イン　歯ー、または世界
川上未映子　ヘヴン
川上未映子　すべて真夜中の恋人たち

川上未映子　愛の夢とか
川上弘美　ハヅキさんのこと
川上弘美　晴れたり曇ったり
川上弘美　大きな鳥にさらわれないよう
海堂　尊　外科医　須磨久善
海堂　尊　新装版　ブラックペアン1988
海堂　尊　ブレイズメス1990
海堂　尊　スリジエセンター1991
海堂　尊　死因不明社会2018
海堂　尊　極北クレイマー2008
海堂　尊　極北ラプソディ2009
海堂　尊　黄金地球儀2013
海道龍一朗　百年の亡国〈憲法破却〉
海道龍一朗　真剣〈新陰流を創った漢、上泉伊勢守信綱〉(上)(下)
海道龍一朗　室町耽美抄　花鏡
金澤　治　電子メディアは子どもの脳を破壊するか
加藤秀俊　隠居学〈おもしろくてたまらないヒマつぶし〉
鹿島田真希　ゼロの王国(上)(下)
鹿島田真希　来たれ、野球部

門井慶喜　パラドックス実践　雄弁学園の教師たち
加藤　元　キネマの華《ヒロイン》
加藤　元　私がいないクリスマス
亀井　宏　ミッドウェー戦記(上)(下)
亀井　宏　ガダルカナル戦記　全四巻
亀井　宏　佐助と幸村
金澤信幸　サランラップのサランって何？〈誰かに話したくなる"あの名前"の意外な由来〉
梶よう子　迷子石
梶よう子　ふくろう
梶よう子　ヨイ豊《とよ》
梶よう子　立身《りっしん》いたしたく候《そうろう》
梶よう子　北斎まんだら
川瀬七緒　よろずのことに気をつけよ
川瀬七緒　法医昆虫学捜査官
川瀬七緒　シンクロニシティ〈法医昆虫学捜査官〉
川瀬七緒　水《みな》底《ぞこ》の棘《とげ》〈法医昆虫学捜査官〉
川瀬七緒　メビウスの守護者〈法医昆虫学捜査官〉
川瀬七緒　潮騒のアニマ〈法医昆虫学捜査官〉

講談社文庫　目録

2019年12月15日現在